超高速戦艦「大和」上

炸裂！ 四六センチ砲

◆

林　譲治

この作品は二〇一九年七月に刊行された「技術要塞戦艦大和 姉妹軍艦誕生！」および、同一一月に刊行された「技術要塞戦艦大和（2）米空母撃滅戦！」プロローグ～第3章（ともに経済界刊）を上巻として再編集し、タイトルを改題したものです。

なお、本書はフィクションであり、登場する人物、団体等は、現実の個人、団体、国家等とは一切関係ないことを明記します。

目　　次

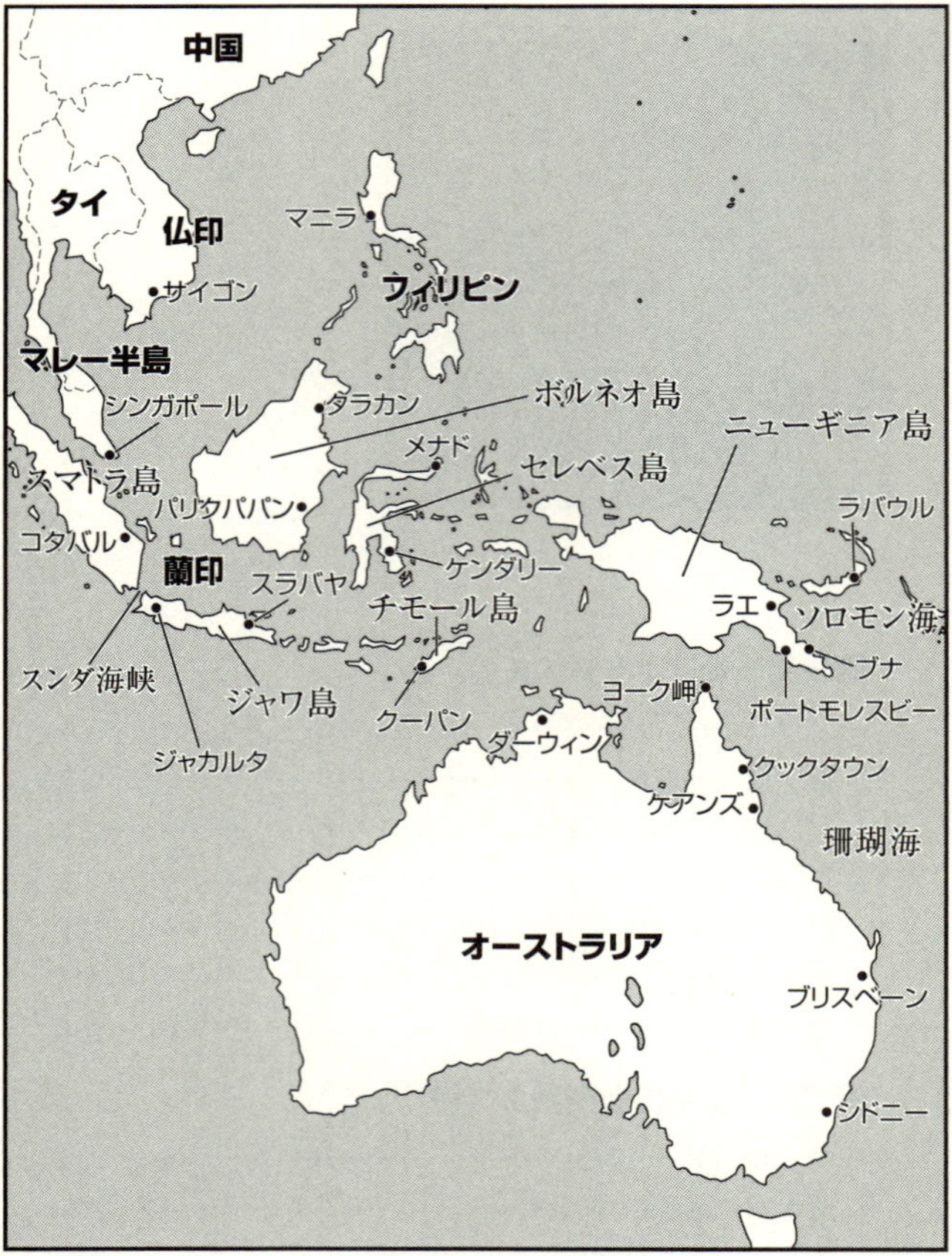
中国
タイ
仏印
マニラ
サイゴン
フィリピン
マレー半島
ボルネオ島
シンガポール
タラカン
ニューギニア島
メナド
セレベス島
スマトラ島
バリクパパン
ラバウル
コタバル
ケンダリー
蘭印
スラバヤ
チモール島
ラエ
ソロモン海
ブナ
スンダ海峡
ジャワ島
ヨーク岬
ポートモレスビー
クーパン
ダーウィン
ジャカルタ
クックタウン
ケアンズ
珊瑚海
オーストラリア
ブリスベーン
シドニー

第一部

姉妹軍艦誕生！

プロローグ

昭和一八年夏、ニューギニア島オロ湾。

米海兵隊の将兵五〇〇〇人が未明の海を上陸用舟艇で移動していた。

護衛には巡洋艦部隊がついており、空母ワスプも航空支援のために同行している。ただし、ワスプから航空隊は出ていない。

事前の偵察では、この付近に日本軍の陣地はない。だから下手な動きで、日本軍に自分たちの活動を気取られるのは望ましくないからだ。

上陸地点は、日本軍の大規模な拠点のあるブナの南東一一キロにあるオロ湾だった。

ニューギニアでの一一キロの移動は、都市部を一一キロ移動するのとは次元が異なる。それでも日本軍には航空隊もあり、艦砲射撃を行えば日本軍に気取られよう。

そのため上陸部隊支援の準備はしていたが、事前の艦砲射撃も航空攻撃もない。

「結局、潜水艦に追尾されているというのは誤報だったのか」

ワスプの艦長であるシャーマン大佐は安堵した。部隊が移動するなかで、潜水艦がいるという報告が何度となくなされたのだ。

ただ、彼は護衛艦艇のそうした報告をあまり信じていなかった。レーダーに艦影はない。なのに潜水艦の報告は一時間に一度はあった。

日本海軍の潜水艦が多数いるのでなければ、潜航中の潜水艦が艦隊を追尾していたことになる。しかし、それはまずあり得ない。

潜航中の潜水艦は、水中ではせいぜい四、五ノット出せれば御の字だ。とてもではないが、潜航しながら艦隊の追躡《ついじょう》はできない。

だからこれは誤認なのだが、シャーマン艦長にはそうした誤認が出てくる背景もわかる。海兵隊は、まだ水陸両用作戦に関する十分な経験を積んでいない。

そもそも水陸両用部隊自体が足りないのだ。

今回の作戦でも、ほとんどの将兵が初年兵と聞く。訓練終了者ばかりというが、素人《しろうと》を戦場になど送れないのだから、これは当然のことだろう。

そうした不安な心理が、ありもしない潜水艦をあるように思わせる。もっとも、そうした不安も一概に悪いとは言えない。

初陣で不安を感じないほうがおかしい。むしろ不安を覚えたからこそ、初陣での上陸に成功することで、兵士としての成長が期待できるのだ。

現時点で空母ワスプは、オロ湾が水平線の外れに見えるあたりに待機していた。護衛の巡洋艦群も同様だ。

空母という軍艦が攻撃地点に接近しても意味はない。打撃力を担うのは航空機なのだ。

それでも比較的上陸地点に近いのは、状況によっては火力支援を護衛艦艇の巡洋艦や駆逐艦が行うためで、それらとあまり離れるわけにはいかないからだ。

ただ、空母が座礁しないためには相応の水深も必要だ。それでこの場所にいるのである。

最近は揚陸艇が直接海岸に乗りつける形が一般的なので、揚陸も楽になっている。また、揚陸艇のおかげでそれらを運んでいた輸送船も海岸に接近せず、沖合に停泊するのが普通である。

そのため、ＬＣＭ（中型上陸用舟艇）の群れが海岸へと走っていく。

輸送船一隻のＬＣＭ群で一度に移動できる兵員は一〇〇〇人で、物資は三六〇トンになる。なので動員された三隻の輸送船は、少なくとも二往復しなければならない。

輸送船は五隻あり、部隊が橋頭堡《きょうとうほ》を確保した時点で、本格的な物資の移動が行われる。それまで彼らは動いていない。

ＬＣＭの数の関係もあるし、拠点も確保していないのに大量の物資を送りつけるのは混乱のもとになる。

第一次の上陸部隊は、抵抗も何もなく作業を成功させた。ワスプのレーダーにも敵影はない。すぐに迎撃可能なように戦闘機は待機しているが、敵影はなかった。

このへんの判断は難しい。北アフリカあたりなら、一〇〇キロ先に上陸しても自動車さえあれば移動はさほど難しくない。

しかし、ニューギニアのジャングルでは、部隊が機械化されているといっても、一一キロの行軍は言うほど簡単ではない。近すぎては日本軍に発見されるが、遠すぎては行軍が難しくなる。

第一陣を運んだＬＣＭが帰還すると、輸送船は再び残りの兵員と物資の積み込みを開始する。

そこに、シャーマン艦長へ指揮官より命令が下る。海岸沿いに移動せよというのだ。

「なにごとだ？」

艦長の問いに通信長が返答する。

「潜水艦の兆候があるため、潜水艦が接近できない浅瀬に移動せよとのことです。まぁ、海岸に近いほうが揚陸作業も進みます」

「神経質だな」

とはいえ、部隊指揮官の考えもわかる。

ソロモン海から珊瑚海《さんごかい》にかけて、日本軍潜水艦の攻撃による被害が増大している。先週も戦艦カリフォルニアが潜水艦により撃沈された。

どうもエース級の腕を持った潜水艦の艦長がいるらしく、そいつが仕留めたものらしい。ドイツUボートのギュンター・プリーンやオットー・クレッチマーのようなエースである。

エースは少ないとも言われていたが、潜水艦のエース艦長など、ドイツだって三パーセント程度らしい。

そして太平洋戦域は、その数少ないエースたちの働きで、作戦はいろいろと制約を受けている。いまのように海岸に近寄るというのもそれだ。

潜水艦が活動できないほどの浅瀬とは、厳密には水深数メートルの浅瀬を意味しない。潜水艦が完全に活動できない浅瀬なら、空母のような大型艦も安心して航行はできない。

ただ潜水艦の艦長としては、浮上・潜航を安全に行える深度は確保したいということだ。

潜水艦の全長を一〇〇メートルとして、それが角度三〇度で急速潜航しようとすれば、艦尾は海面でも艦首は深度五〇メートルとなる。

もちろん、すでに潜航状態で移動するとか、水平を維持しながらゆっくり潜航するなら、もっと浅い深度でも対処できるが、敵前でそれを行うのは難しいだろう。

最初に喫水の浅い駆逐艦隊がゆっくりと移動する。水深を計測しつつ、航路の安全を確認するためだ。その駆逐艦の後を巡洋艦が移動する。

空母ワスプは距離をおいて、それらの後を移動する。やはり空母は別格なのだ。

そんな時、重巡洋艦の一隻が爆発し、さらに別の場所の軽巡洋艦も爆発した。

「雷撃か……まさか！」

巡洋艦二隻はそれぞれ二度目の爆発を起こし、急激に浸水していった。艦隊は大混乱に陥《おちい》った。

浅瀬に移動したのは潜水艦の攻撃を避けるため。しかし、二隻の巡洋艦はそこで被雷してしまった。

悲劇は、そこで終わらなかった。巡洋艦の被雷により退避しようとした五隻の輸送船のうち三隻までもが、やはり被雷してしまったのだ。

被雷した船舶は、ほぼ直線上に並んでいた。

左舷側は陸地である。そうなれば、敵潜水艦はこの直線上の右舷側に潜んでいることになる。駆逐艦は大急ぎでその方向に殺到し、爆雷を投射する。

爆雷による水柱は通常は白いものだが、そこでの水柱は黒かった。海底の土砂を巻き上げているためだろう。それだけ水深は浅いことになる。

ともかく空母ワスプは沖合に退避する。海岸近くでは思うように行動できないからだ。

それは、ほかの船舶も同じであった。ところが、大型の輸送船も沖合に向かった時、悲劇は再び起こる。

「魚雷じゃない！　機雷だ！」

シャーマン艦長は叫ぶ。

いままでとは反対舷で輸送船の爆発は起きている。それが潜水艦なら陸上にいることになる。だとすれば、機雷しか考えられない。

確かに、無防備なこの海岸に機雷原があるとは信じがたい。そこは昨日も駆逐艦が掃海具で機雷除去を行っていたのだ。作業手順によるものだったが、その時は一つとして機雷など発見されていない。

つまり、日本軍が一晩のうちに機雷敷設を行ったことになる。それもまた信じがたいが、現実はそう解釈するしかない。

「潜水艦はいないのか……」

その答えはすぐに出た。

空母ワスプの船体を激しい衝撃が襲う。一つ、また一つ、さらに一つ。総計三発の魚雷が空母ワスプに命中した。

沖合に移動したことで、潜水艦には好都合な領域に出てしまったのだ。

「!?」

シャーマン艦長は傾斜しつつある艦橋から、水面を潜望鏡のようなものが移動するのが見えた気がした。

しかも、その速度は一〇ノット以上出ているように思えた。そして、それも海面から消える。

駆逐艦は潜水艦を探そうとするものと、空母ワスプの救助にあたろうとするものに分かれた。

しかし、救助活動は混乱した。残された重巡洋艦が雷撃により沈んだからだ。雷撃は一本の命中だったが避難しようとして触雷し、それが致命傷となった。五隻の輸送艦で唯一、無事だった一隻は沖合に移動しようとしたが、彼女もまた雷撃される。座礁による沈没を免れようとした判断が失敗となり、彼女もまた触雷により失われる。

輸送船と大型軍艦は空母も含めて全滅し、駆逐艦だけが残っていた。

夜になった。シャーマン艦長は海岸にいた。沈みゆく空母から脱出し、なんとか上陸地点まで避難した。

最初は駆逐艦に乗っていたのだが、救助者が多いのと潜水艦がこちらの動きをつかんだ以上、ブナの日本軍による攻撃が予想された。増援が来るまで駆逐艦で部隊を守るのなら、甲板に救助者が林立しているのは問題だ。

だから負傷者を乗せた一隻はオーストラリアに向かい、ほかは海岸に降ろされたのだ。

「ブナには日本軍の航空隊がいる。仕掛けてくるなら明日だろう」

海岸の将兵は、すでに奇襲が成立しないことを悟り、ただ黙々と塹壕《ざんごう》を掘る。

しかし、意外なことに日本軍は航空戦ではなく、夜襲を仕掛けてきた。上陸地点の北方に川があり、その対岸から日本軍の攻撃があったのだ。

日本軍は機関銃や小銃で対岸から攻撃を仕掛けてきた。海兵隊も対岸に陣地を築いて応戦する。

渡河が行える状態ではない。ただ日本軍が思ったほど多くないことは、だんだんとわかってきた。

おそらくはブナから舟艇で海を移動し、近くに上陸して海兵隊を攻撃に来たのだろう。

兵力が少ないのは、上陸部隊の規模を大幅に読み間違えているためと思われた。

米軍は上陸部隊で五〇〇〇人、そのほかに沈んだ艦艇の乗員が一五〇〇人ほどいるため、その大勢力に彼らも驚いたのだろう。

日本軍の攻撃は急にやんだ。多勢に無勢では勝てないことがわかったのか。

そうしたなかで、海兵隊の上陸地点から川沿いの陣地までが激しい砲撃にさらされた。

「なにごとだ！」

海岸の塹壕に身をひそめ、シャーマン艦長はそれが戦艦からの砲撃であることを悟る。砲弾の密度から考えて戦艦二隻。

「駆逐艦は何をしているのか！」

シャーマン艦長は知らなかった。駆逐艦部隊のレーダーでは、島影を背景に接近してくる戦艦部隊を捕捉できなかったことを。

しかも戦艦は二〇キロ以上向こうから砲撃を仕掛けていた。

上陸地点はわかっている。そして川を挟んでの戦闘で、防衛線の位置も特定されている。川岸の位置はすでに掌握済みだ。

砲撃が終了した時、一度は砂に埋もれかけながらも、シャーマン艦長は生きていた。

しかし彼は、部隊も物資も砲撃で一掃されたことを知る。

上陸部隊に残されていたのは、無力であった駆逐艦に乗り、オロ湾を後にすることだけだった。

第1章　姉妹艦

1

寺本《てらもと》造船中佐が上田《うえだ》宗重《むねしげ》海軍艦政本部長に私的に呼ばれたのは、昭和一二年の早い時期だった。

上田艦政本部長が着任したのが昨年末であり、上司にあたるとはいえ、寺本も上田本部長のことはあまりよく知らなかった。

この時期の艦政本部内には、ある種、浮足だった空気が流れていた。

日本は軍縮条約の期限切れを待って海軍軍備の拡張を計画している。その目玉はなんと言っても新型戦艦だった。

軍縮条約そのものは、軍拡競争が国家財政を疲弊させるという理由で結ばれたものである。日本も八八艦隊計画を立案していたが、そんな計画が日本の国力で実現可能なはずはなかった。

しかし、現下の状況は当時とは違っている。世界恐慌による不況に日本も襲われていたが、列強の中ではその影響は限定的だった。

大規模工業がほかの列強諸国ほどなかったことが、世界恐慌の傷が浅い理由の一つではあっただろう。

ただ、日本の経済成長率の伸びはめざましく、ほかの列強の経済成長率がマイナスのなか、年率で一〇パーセント程度を維持していた。

これは、列強の中でそもそも経済規模が小さいことによる成長率の増加であり、絶対額はそれほど大きくない。

それでも一〇パーセントの成長は、小さな数字ではなかった。結果として軍縮条約が終わる頃、日本の経済力は八八艦隊時代よりも倍の規模を誇っていた。

経済力の拡大により海軍軍備の拡張は、かつてほどの負担にはならなかったのだ。

じっさい、海軍軍備の拡張で建造されるのは戦艦だけではない。多数の補助艦艇も建造が予定されていた。

それはつまり、艦政本部と造船官の仕事と、扱える国家予算の裁量の拡大を意味した。艦政本部内が「春の予感」を感じたとしても決して不思議ではなかった。

「まぁ、楽にしてくれ」

上田艦政本部長は寺本に席を勧める。そこは、銀座《ぎんざ》にあるレンガ造りの洒落《しゃれ》たレストランであった。上田はそのレストランの個室を予約していた。

「貴官をこんな場所に招いて不審を抱いているものと思う」

寺本も、何が起きているのかと思ってはいたが「はい、不審に思っています」と言うほど馬鹿ではない。「いえ、そんなことは」とかなんとか言葉を濁す。

「貴官、いや寺本君も、うちの人間ならA140のことは知っているな」

今度は寺本も、うなずくだけにする。

A140とは新型戦艦の基本設計番号だ。国家の最高機密であり、艦政本部長といえども迂闊《うかつ》には口にできない言葉である。

寺本も新型戦艦がらみの話とは予想していたが、それゆえになおさら呼ばれた理由がわからなかった。寺本の主たる守備範囲は潜水艦であったからだ。

海外の技術潮流にも詳しく、ドイツの戦利潜水艦の研究に参画したこともある（大昔で、まだ下っ端なので見学だけで終わったようなものだったが）。

いまは自分で言うのもなんだが、潜水艦設計に関しては海軍でも将来を嘱望される人材だ。じっさい再軍備がらみで、彼も全体ではないが重要な部分の設計を任されることも少なくなかった。

だからこそ、戦艦の話で呼ばれる理由がよくわからなかった。

「敵潜の攻撃に対する抗堪性《こうたんせい》の研究か何かでしょうか」

彼なりに予想していたのは、潜水艦に襲撃された場合の防御についての話だ。日本海軍は漸減邀撃《ぜんげんようげき》作戦の一環として、潜水艦により敵主力艦を艦隊決戦前に減ずることを考えていた。

だから日本海軍が、同様の状況で米潜水艦の攻撃に対して新型戦艦の抗堪性をどうするか。それを寺本に研究させるというのは十分にあり得ることだ。

逆に言えば、それ以外には艦政本部長が、こうして自分を呼ぶ理由がわからない。

そして、上田の返答に寺本は途方に暮れる。

「まぁ、それは担当者が研究しているよ」

常識で考えれば、そうだろう。

戦艦の防御は魚雷よりもまず砲弾であり、最近では航空も無視できない。

設計者はそうした全体の防御を考えて戦艦を設計する。潜水艦について知りたければ、直接、寺本のところに来ればいいのだ。

それから食事が運ばれてくる。ひと通りの食事が終わり、デザートの段階で上田は本題に入る。もう店員もやって来ないからだろう。

「そろそろ議会に海軍予算の申請をしなければならない。第三次補充計画だよ。知ってるね？　マル三計画」

「存じております」

知らないわけがない。そのための各種作業で艦政本部も忙しいのだから。

「じつはそのマル三計画のからみで、A140はA140F5という最終案にまとまりつつある。

そうなるとだ、A140の予算申請もしなければならない。おおむねA140は長門《ながと》型《がた》戦艦程度の価格で申請される」

それは寺本には意外だった。新型戦艦は長門型よりも高性能艦と考えられていたからだ。

下馬評は水面下で囁《ささや》かれて（表だって議論はできないのである）いたが、一番堅実な意見でも四〇センチ連装砲塔五基一〇門搭載というもので、とてもではないが従来型の長門型戦艦の予算では収まらない。

物価上昇率などを加味すれば、昔の長門の予算では長門型でさえ建造できまい。

その疑問が顔に出ていたのか、上田は言う。

「もちろん、そんな予算でＡ１４０は建造できない。しかしだ。列強は予算規模でＡ１４０の性能を読み取ろうとするだろう。だから予算案には、正確なＡ１４０の建造予算を計上できない」

「ですが、それでは建造費が大幅に不足するのでは？」

「そこで君の出番だ」

「私の？」

寺本はますますわからない。

「長門クラスの戦艦の建造費では、Ａ１４０は建造できない。予算としては二隻分を請求するから、申請予算と実際の建造費の差額は馬鹿にならない。

そこで、甲型《こうがた》駆逐艦三隻と一等潜水艦一隻を建造する予算も申請される。ただし、これらは現実には建造されない。甲型駆逐艦三隻と一等潜水艦一隻でＡ１４０の建造費の不足分が補填されるのだ」

寺本はそこまで説明されて、やっと状況が理解できた。同時に関係者の苦心もわかった。

建造費の不足分を駆逐艦などより高額な重巡か何かで行わないのは、駆逐艦・潜水艦は類別標準で艦艇だが、巡洋艦は軍艦であるためだろう。

軍艦なら艦長は大佐であり、官階でのハードルも少佐、中佐より高くなる。人事面の影響はかなり大きいが、建造しない軍艦で架空の人事異動を行うわけにはいかないだろう。

建造されない船の人事をうやむやにするなら、軍艦より艦艇のほうがやりやすい。

さらに予算的な問題もある。

なるほど戦艦は高額な軍艦だが、トン単価を比較すると海軍艦艇の中では一番安い。トン単価だけを比較すれば潜水艦が最も高く、駆逐艦がそれに続く。だから駆逐艦三隻と潜水艦一隻は、トン単価が高い分だけ、印象以上に高額を動かせた。

「しかし、予算申請した艦艇を本当に建造しないで大丈夫なのですか」

「まぁ、そこは海相なり軍令部総長なりが、大蔵大臣に頭を下げることになろう。国のためには必要なことだ」

どうやらこの件に関して、海軍高官の腹は決まっているようだ。

「でだ、もうわかっていると思うが、貴官にはその架空の潜水艦の図面を引いてもらいたい」

だいたいそんなことだろうと思っていた寺本造船官だったが、それでも疑問はある。

「小職《しょうしょく》は構いませんが、予算の方便なら既存の伊号《いごう》潜水艦を建造することにすればいいのでは」

「そうもいかんのだ。甲型駆逐艦はマル三計画から新型に切り替わる。それに関しては調整がきく。

しかし、潜水艦一隻で計上する予算額は既存艦より高額なのだ。既存艦の建造単価は高くできない。となれば、この一隻だけは試作艦の名目で予算を計上する必要がある」

「だから建造費の高い試作艦の図面を引けと？」

上田は姿勢をただし、寺本に向かう。

「誤解してほしくないのだが、寺本造船中佐にお遊びで設計を依頼するつもりはない。建造される可能性は低いとしても、ゼロではない。

それに、設計のために必要な試験などを行うことは自由だ。そのための予算は使っていい。

Ａ１４０にまわされるのは基本的に工事費と文書費などの一部だ。実験、調査の予算は君の自由裁量で使うことが認められる」

「じっさいに建造せずとも研究は認めると」

上田艦政本部長の話はかなり異例なことであったが、「研究費が認められました」と解釈すればいいのだろう。

「わかりました。しかし、いつまでに？」

「新型潜水艦の概要は早めに。研究そのものは年度をまたいで行ってもらって構わない」

そして上田は言う、「期待している」と。

2

艦政本部長の指示もあり、寺本は渋谷《しぶや》界隈のホテルに籠もって新型潜水艦の構想を練った。

凡庸《ぼんよう》な造船官なら、上田艦政本部長の要請にこんなに悩みはしない。要するに予算の帳尻合わせの設計なのだから、伊号潜水艦を大型にすればいい。

トン単価の高い潜水艦なればこそ、排水量を拡大すれば相応に予算は増える。五割増しぐらいの大型潜水艦を設計すれば、長距離航行や重雷装も可能だ。

しかし、寺本造船中佐はそういう安易な解決策を取らなかった。そんなものを設計しても、海軍の潜水艦技術に何も貢献しないと思うからだ。

そもそも今回の話の異例さは、潜水艦の設計をすべて造船官に委《ゆだ》ねている点にある。

海軍艦艇の設計は通常、そうはならない。まず軍令部が戦術や運用を決定し、それについて造船官がデザインし、そのうえで用兵上の要求と技術的可能性をすり合わせていく。

この過程には、予算の制約や人員の手配などの軍令のみならず、軍政的な要因も組み込まれる。そういう複雑な手続きで設計は決まってくるのだ。

だから「造船官の自由に設計してよい」という設計方針は、楽なようでいて、かなりハードルが高い。

寺本も、何度となく設計の詳細を詰める、そうした会議に出席していただけに、用兵側の運用思想については気になるのだ。

実際に建造されないとしても、ここのホテル代をはじめとして研究費は国家予算から出ている。設計のための設計でお茶を濁すことは許されない。

「目黒《めぐろ》に行くか」

寺本は机の上の白紙を前に、そうつぶやく。

そして彼が訪ねたのは、旧知の立川《たちかわ》少佐の自宅だった。まだ若いが、呂号《ろごう》とはいえ潜水艦長の職にある。

彼は潜水艦に詳しいだけでなく勉強家で、内外の潜水艦戦術の研究にも通じていた。私費で丸善《まるぜん》から戦術や戦史に関する洋書を購入することも稀《まれ》ではない。

A140については触れず、寺本は立川に「これからの潜水艦運用のあり方」のような意見を尋ねた。

突然の来訪ではあるが、寺本が突然やってくるのはよくあることなので立川もさほど驚かない。家人には「海軍の大事な話だから」と、自分で手際よく酒の肴《さかな》を用意して寺本を書斎に招く。

「軍令部は艦隊決戦での潜水艦運用しか考えていないが、それは世界の潮流とはずれているね。

潜水艦は交通破壊戦にこそ役に立つ。ただ日米開戦となると、交通破壊戦といっても、彼と我では要求される性能が違うはずだ」

立川は、時には海外の雑誌まで本箱から取り出し、広げてみせる。この男を寺本が頼るのは、話にこうした裏付けがあるからだ。

「どう違うんだね、日米で?」

「日本は島国だがアメリカは国が大きいから、石油でもなんでも自給自足できる。その違いだ。

アメリカの潜水艦は日本近海で待ち伏せて、貨物船を沈めてしまえばいい。貿易がとまれば島国の日本は干上《ひあ》がる。

逆に、日本がアメリカの海上輸送路を寸断しても、彼の国は経済的損失を負うとしても飢えることはない。自国の資源で産業をまわせるのだ」

「それでは、本邦の潜水艦はアメリカ相手には役に立たないも同然ではないか」

「とはかぎらん」

立川は言う。

「飢えないとしても、アメリカとて貿易は重要だ。特に中米・南米との貿易はアメリカ合衆国の権益だ。それを寸断されても、国民は不自由だろうが飢えはしない。しかし、飢えなくとも不自由さには耐えられまい。それは政権の不沈に関わる」

「日本の潜水艦は、大西洋と太平洋の両面で交通破壊を行わねばならないわけか」

造船官として寺本には、そんな潜水艦は尋常な性能でないことがわかっていた。

現在計画中の巡潜型なら、そうした長距離での作戦も可能ではあるが、潜水母艦をどうするかなど、考えねばならないことは多い。

一方で、計画中の伊号潜水艦の発動機ほど高性能でなくてもいいのではないかとも思った。

つまり、艦隊決戦型の大型潜水艦を使って、そうした作戦を実行するとすれば無駄も多い気がするのだ。むしろ交通破壊用の潜水艦のほうが、現行の艦隊決戦型より量産しやすいかもしれない。

寺本は、ざっとそんなことを考えていた。

「ただ、日本にそんな作戦が実現可能かどうかは別に考えねばならん。太平洋岸ならまだしも、大西洋岸となると、交通破壊戦のハードルは一気にあがる。

まさかアメリカも、我が国の潜水艦がパナマ運河を通過するのを許してはくれまい」

「立川の意見だと、潜水艦運用以前にアメリカとの戦争で交通破壊戦が成立しないようだが」

「とはかぎらんさ。アメリカが日本を封鎖するためには、彼らが日本近海まで進出しなければならない。そして米艦隊は、途中にいくつもの拠点を必要とする。日本列島を封鎖する規模だから、拠点は不可欠だ。

ならば、米本国とその拠点の間の補給部隊を襲撃するという作戦が立つ。日本近海まで敵本隊を進出させ、補給を寸断して敵艦隊を立ち枯れさせる。そういう方法はあり得るはずだ」

「なるほど」

寺本は、やはり立川に相談して正解だと感じていた。こうした視点は造船官にはわからないものだ。

「そうなると、そういう任務に向いている潜水艦とは、どんな潜水艦だ？　運用面で考えるなら、艦隊決戦型でもいけそうだが」

しかし、立川の意見は違った。

「じつを言えば、潜水艦乗りの間では軍令部の作戦には批判が強いのだ。軍令部の参謀に潜水艦畑の人間がいないせいだろうがな」

「何が問題だ？」

「漸減邀撃など無理ということだ」

「なんだと……」

それは寺本にも聞き捨てならない発言だった。

軍令部の作戦にしたがって、自分たちは艦艇を設計してきた。そもそも漸減邀撃作戦は、日本海軍の対米戦略の柱ではなかったか。

「対米戦の柱か何か知らないが、軍令部は潜水艦を知らん。潜水艦は敵艦隊を追跡することはできるだろう。しかし、堅固に守られた敵艦隊を突破して主力艦を撃沈するのは無理だ。

仮に一回は成功できたとしても、二回目の襲撃はない。敵は馬鹿じゃないし、駆逐艦は主力艦を守るために存在する。それはどこの国でも同じだろう」

「そうなのか？」

「海軍の演習でも、それは確認済みだ。何度も上にあげているが、どうも軍令部ではまともに扱うつもりはないらしい」

だが、立川の悲観論が逆に寺本に着想を与えた。

「艦隊を何度も襲撃できる潜水艦に必要な能力はなんだ？」

「藪《やぶ》から棒《ぼう》になんだい」

立川は寺本の様子に驚きはしたが、すぐ真剣に考えてくれた。やはりつね日頃から、そうしたことを考えていたのだろう。

「二点ある。まず長時間の潜航が可能なこと。警戒している敵艦隊への反復攻撃を行うなら、長時間の潜航能力が必要だ。言い換えれば、敵前で浮上はできない。

もう一つは水中での高速性能だ。敵の駆逐艦の攻撃をかわすには、いまの潜水艦では遅すぎる。最新鋭の巡潜型でも水中速力は一〇ノットに過ぎん」

「一〇ノットでは不足か」

「そこは難しいところだな。俊敏な艦長なら一〇ノットでも戦える。しかし、造船官は名人上手のためだけに艦艇設計をしているわけではあるまい」

「まぁ、そうだな」

立川の言うことは寺本の胸に迫る。軍艦のような機械を使うのは、いまの戦争は人力で殴り合うような戦争ではないからだ。

日本人とアメリカ人で体格は違うし、殴り合えば彼らが勝つだろう。しかし、同じ口径の大砲で戦うなら体格は関係ない。射程が長くて命中精度の高いほうが勝つのだ。

結局、軍隊という組織は、機械力で体格や人口の差を超克するために働いているようなものなのだ。

「普通の潜水艦長なら二〇ノット出れば、敵艦隊に反復攻撃をかけられよう。しかし現在の潜水艦で難しいのは、一〇ノット出せるとしても持続時間が短いことだ。

一、二ノットなら二四時間活動できるとしても、一〇ノットなら一時間が限界だ。蓄電池の問題があるからな。それに一〇ノット出すと大電流が流れるから、蓄電池から水素が発生し、艦内爆発の危険がある。蓄電池からの発熱も馬鹿にならない」
「だとすれば、普通に水中で二〇ノット出せる潜水艦ならば、敵艦隊への反復攻撃も可能なんだな」

「あぁ、安定して二〇ノット出せるなら反復攻撃は可能だ。駆逐艦は三〇ノット以上出せるとしても、対潜作戦に従事する時は二〇ノット以下だ。高速では聴音機も使えないからな。ならば敵を翻弄《ほんろう》できるという道理だ」

考え込む寺本に立川も何か感じたらしい。

「そういう潜水艦の話があるのか」

「それはちょっと答えられない」

寺本の言葉に立川は納得したらしい。

あくまでも寺本の個人的な興味なり研究なら、「趣味だ」とでも言えばいい。それなのに、寺本は「答えられない」と言う。つまり、これは海軍の研究なり仕事ということだ。

「仮にそういう潜水艦を建造するとしたら、水中速力二〇ノットを実現する技術がある」

立川が立ち上がって書斎の紙袋を調べているのを、寺本は驚きと期待の目で追う。なにより用兵側の立川から「実現する技術がある」と言ってきたのだ。海外からの情報収集に貪欲な立川だからこそ可能なことだ。

立川の書斎には事務用の紙袋がいくつも積まれている。ほとんどがふくれあがって、単独で直立しそうだった。

紙袋には「昭和〇〇年演習」とか「ジェーン年鑑」などと万年筆で書かれ、立川だけにわかる分類方式で積み上げられた木製のりんご箱の中に差し込まれていた。

そして、彼は紙袋を一つ抱えて戻ってきた。「海外技術動向（参）」などと書かれている。

「二つある。どちらも雑誌の抜粋だ。一つはオランダの海軍士官の論文で、機密扱いなので自分のところには、レジメしか入手できていない。

原理は馬鹿みたいに簡単だ。潜水艦に給排気のパイプを取り付ける。潜水艦は潜航していても、このシュノーケルという給排気管を水面の上に出せば、ディーゼルエンジンを動かせるというものだ」

「給排気管か……」

寺本は論文のレジメを見る。

どうやって手に入れたかは不明だが、レジメ部分は写真であり、そこからタイプで文字起こしをした書類が添付されている。

文字起こし自体はオランダ語だが、その下に英語訳した文章があった。なにやら剣呑《けんのん》な方法で手に入れたことを予感させた。

ただレジメの英文を読むかぎり、構造的な問題は認められない。いままで誰も考えなかったのが不思議なほどだ。

「もう一つはこれ。ドイツの論文だ」

立川はそう言うが、これもドイツ語の論文に英語訳の書類が添付されている。日本語の書き込みもあるが、それは立川の手によるものだろう。

内容はちょっと複雑だった。ワルター博士という人物が、過酸化水素を利用したワルター機関というものをどこかで発表したらしい。

その論文はワルター機関を批判し、技術的な問題を述べたものだった。

内容を簡単に言えば、ワルター機関は構造が複雑すぎ、過酸化水素という危険な薬品を扱うには信頼性に欠けるというものだ。

ただし、その論文は批判だけに終わっておらず、別の提案をしていた。それは、やはり過酸化水素を使うのだが、酸素を穏便に供給して水中でディーゼルエンジンを稼働させ続けるというものであった。

寺本が感心したのは、純粋な酸素を提供するのではなく、ディーゼルの排気に酸素を混ぜて循環させるという方式で、これによりエンジンの暴爆などを回避するらしい。

「酸素魚雷と似ているな」

それが寺本の論文への感想だった。

日本海軍も最近になって、酸素魚雷という新兵器の実用化に成功していた。

魚雷の酸化剤を空気ではなく酸素にすれば性能が飛躍的に向上することは、少しでも化学知識があればわかることだ。ただ化学知識でわかることと、それを実用化できるかは別の問題だ。

酸素という過激な化学物質を扱うことは非常に難しかったが、日本海軍は空気燃焼の後、徐々に酸素に切り替えることで暴爆を回避していた。

たぶんそれと同様の原理で、排気と酸素を混ぜてディーゼルエンジンを動かすというのだろう。

「どうだ。できそうかね」

立川少佐は真剣な表情で寺本に向かう。寺本はいささか居心地の悪さを感じていた。

新型戦艦建造予算の捻出のために建造されない潜水艦の研究をしているとは、機密管理の点からも、立川の期待を裏切る意味からも口にできない。将来の可能性を匂わせることができるだけだ。

ただ、それはそれとして、この二つの論文は寺本にははじめての視点であった。水中での高速潜水艦は蓄電池の改良くらいしかないと思っていたが、それ以外の手段もいろいろあることがわかったのだ。

「船舶の速力の障害となるのは造波抵抗だ。だから、ほぼ潜航状態の潜水艦なら、浮上航行より水中航行のほうが高速ということはあり得る。

表面積を最小にして、摩擦抵抗を最小にする必要がある。具体的な船形は試験水槽でモデルの実験を行わないと割り出せんが、たぶん魚やクジラのような形状になるだろう」

「形状からも、従来の潜水艦とは違うのか」

「浮上より潜航状態のほうが速度が出るような潜水艦だ。形状が違うだけでなく、運用も変わるはずだ」

「運用かい」

立川には、造船官の寺本が運用にまで踏み込んだことが意外だったらしい。一般に用兵側に対して造船側から何か言ってくることは稀だ。

「単純な話さ。常に潜航して移動している潜水艦だ。見張りをどうする？　外界を確認できるのは潜望鏡しかないのだ」

「潜水母艦に水偵を載せて、そいつが敵を発見して誘導する。ただし、確実な通信が成立しないといけないが」

「まぁ、確実な通信は造船官の仕事だが」

立川はしばらく考え込む。

「いまの軽巡は偵察機が搭載できない。実験はしているが、それでも一機だろう。しかし、潜水母艦は軽巡だ。広範囲に偵察機を出せる小型空母のような潜水母艦が必要だな。

その潜水母艦は、隷下の潜水艦の位置を把握していて、敵艦隊や敵部隊の位置を通報して潜水艦の数で敵を圧倒する。待てよ、これなら米艦隊への反復攻撃も可能か」

立川は寺本のことを忘れたかのように、近くのノートにアイデアを書きとめる。

「あぁ、客人の前ですまない」

「いや、いいんだ。こっちが押しかけてきたんだから」

「それで水中高速潜水艦は可能かね」

そう尋ねつつも、立川の頭の中では別の構想が動いているようだ。

「運用面は研究しなければならないが、基本的には実現可能だ。通常の航行はシュノーケルで潜航しながら。敵の襲撃には完全に電池で航行し、必要に応じて水中で酸素を提供しながらディーゼルで発電する。

音が問題となるから、このディーゼルは発電専用として主機とは独立させる。完全防音の部屋に置けば、敵に察知されることもなかろう」

寺本もまた立川の提起した問題から、いろいろなものが見えてきた。

こうして互いにじっくり考えるべき課題が生まれたことで、二人の会見はお開きとなった。

3

寺本造船中佐の新型潜水艦の図面の第一稿がまとまったのは、昭和一二年晩秋の頃であった。

上田艦政本部長は寺本の図面を受領した。いろいろと検討することがあるらしい。予算審議まで日程はなかったが、ともかく基本的な図面があることで、建造されない潜水艦でも説得力はある。

ただ夏に起きた日華事変《にっかじへん》以降、海軍も騒然とした雰囲気の中にある。計画がどうなるのか読めない部分も多かった。

そんななかで寺本は、再びあのレストランに呼ばれた。

「君の潜水艦は建造されることになったよ」

上田艦政本部長は世間話でもするように、そう言い放った。

「建造される……あれがですか？」

それは、寺本がまったく予想もしていない話だった。じつを言えば、建造されないと思っていたので、かなり無茶な内容も織り込んでいた。

例えば、立川から見せてもらった論文を参考にして、潜水艦は溶接構造で建造されることになっていた。

日本の潜水艦用の高張力鋼は溶接できないが、ドイツの技術論文には溶接可能な高張力鋼が当たり前に使われているとの記述があった。

だから将来的な技術習得の意味もあって、図面はすべて溶接で建造していた。リベットのことを考えなくてすむので計算が単純化できて、図面を早く仕上げられるからという都合もある。

「どういうことなのでしょう？」

「日華事変だよ」

「日華事変？」

「あれのおかげで臨時軍事費特別会計が認められた。Ａ１４０の予算は小細工をせずに認められる。特別会計だから報告義務はない。事変が終わるまではな。なので、建造されない予定で請求された駆逐艦三隻と潜水艦も建造されることになった」

「はぁ……」

あまりのことに、寺本も「はぁ」としか言えない。それでも寺本は、建造の難しさを艦政本部長に告げる必要があることだけは頭が働いた。

「あの……あの潜水艦は溶接を前提で建造されます。そのための材料は、日本ではまだ製造できません。ドイツから輸入しなければ……」

「なら輸入したまえ。金はある」

「そうですか……」

寺本造船中佐は喜ぶより先に当惑していた。

形だけでも予算申請をするために設計を行い、主として実験ではあるが、建造可能な準備もしてきた。

むろん、造船施設の手配や機材の発注などの作業も行わねばならない。だが、それらの作業はある程度はすでに進んでいる。

唾をつけておく程度のもので、後からキャンセルする予定だったのだが、どうやらそれはそのまま発注となりそうだ。

ただ、現実にドイツからの鋼材輸入となれば、やらねばならない問題は山積している。建造するつもりがないから、ドイツの鋼材などと言えたわけだが、予算がついて建造が具体化するなら納期の問題も生じてくる。

一方で造船技術者としては、新機軸満載の高性能潜水艦を建造できることに喜びも感じていた。状況がだんだんと自分の中で理解されるにしたがい、寺本造船官は興奮を抑えられなくなった。

「喜んでやらせていただきます！」

それからの寺本は多忙をきわめた。海軍省などにもかけ合い、自分のチームを編成しなければならない。

通常は建造を前提にもろもろが調整されながら建造準備が進むのであるが、今回は「建造しない」ことを前提としていたため、そのへんの事務作業が難しかった。

これが軍縮時代なら空いている造修施設は海軍にいくらでもあるのだが、海軍も軍部拡張に着手したため、既存の計画の中に新型潜水艦をねじ込むのはなかなか容易ではなかった。

通常なら呉《くれ》海軍工廠《こうしょう》か横須賀《よこすか》海軍工廠が建造場所として選ばれる。しかし、それらはすでに新造軍艦の建造に手一杯という状況だった。

最終的に寺本は舞鶴《まいづる》海軍工廠に話を持っていった。工廠長は寺本の話に最初は当惑していたが、艦政本部長の推薦もあり、無下にもできないと考えたらしい。

「ご存知のように本廠も要港部から海軍工廠に復帰するまで、呉の分廠として仕事を請け負ったことはあります。請け負ったと言いますか、押しつけられたようなものですが」

寺本も噂は聞いていた。陸軍の大発母艦のような船の工事が必要で、呉海軍工廠では余裕がないから舞鶴に工事が依頼されたというような話だ。

寺本が舞鶴にやって来たのも、横須賀と並ぶ日本海軍潜水艦のメッカでもある呉海軍工廠から、そうした話を耳にしたからである。

「本来なら舞鶴は駆逐艦を中心とした海軍工廠ですが、潜水艦、それも水中高速潜水艦の試作をするという仕事が、我々にどんなメリットをもたらすのでしょうか」

艦政本部長の紹介ゆえに工廠長の対応は丁重ではあったが、明らかに迷惑そうであった。

それはそうだろう。量産されるのは軍艦だけではない。駆逐艦だって整備される対象なのだ。

「この潜水艦の建造には溶接可能な高張力鋼を活用するつもりです。これを建造すれば、舞鶴海軍工廠は溶接可能な高張力鋼で駆逐艦の量産が可能でしょう」

「溶接可能な高張力鋼ですか……」

工廠長は寺本の話にはじめて関心を示した。それは寺本の計算のうちだ。

戦艦や巡洋艦などの軍艦は装甲を施さねばならないため、リベットは欠かせない。最近では軍艦も溶接の利用範囲が増えているとはいえ、装甲が溶接ではできない以上、そこに工期短縮の隘路《あいろ》があった。

しかし駆逐艦は違う。駆逐艦には装甲はほぼない。溶接可能な高張力鋼があれば、量産は著《いちじる》しく進むだろう。つまり短期間で多数の駆逐艦を建造できるわけだから、工廠長にとってこんないい話はない。

「そんな鋼材があるのかね」

「当初はドイツからの輸入を考えていましたが、類似の鋼材は英米でも生産しており、価格からいえば、インド鉄の使用が当面は現実的でしょう」

「インド鉄かね……」

イギリスは第一次世界大戦で中東方面の戦線に対して、インドを兵站《へいたん》基地として活用する目的で、インドの製鉄業を育成していた。のちにタタ製鉄として世界的な企業体となる工場だ。

とはいえ、海軍内部でそうした知識はあまり認知されていない。工廠長もインドの鉄というだけで、「そんなものが軍艦に使えるか」という表情を見せた。

じっさい寺本もこの件を調査するまでは、インド鉄など眼中になかった。しかし、イギリスが兵站基地としてインドを活用するという情報の中で、彼も認識を改めた。

イギリスは軍用を意図して溶接可能な鋼板を製造している。世界恐慌の影響もあり、イギリスはそうした鉄材を安価で世界市場に流しているため、日本国内の製鉄業も影響を受けているほどだ。

寺本がそうしたことを資料も交えて説明すると工廠長も理解はしてくれたが、それでも不審感は消えていないようだった。

「インド鉄が使えるのはいいとしてだ。駆逐艦の生産を外国の鉄材に依存するというのは問題ではないか」

「そうです。ですから溶接可能な鋼材は国産化しなければなりません。ただ残念ながら、日本にはそうした鋼材を生産する技術がない」

もっとも、技術がないというのもある意味仕方がないと寺本は考えていた。これは単純に技術力がないという話ではないからだ。

端的に言えば、日本国内に溶接可能な鋼材に対する需要がないのだ。船舶は鉄材を多用するが、それは必ずしも鋼材でなくてよい。鋼材が要求されるものとしては、例えば自動車がある。

ところが、ノックダウン方式で日本で工場を稼働させているフォードやGMこそ年産二万台以上の自動車を生産しているものの、純粋な国産車となると、日華事変直後のいまでさえ、やっと年産一〇〇〇台を超える程度に過ぎない。

鋼材需要が一番多い分野は軍事となるわけだが、現実は海軍艦艇もリベットで用は足りている。溶接可能な鋼材が必要とされる需要が、そもそも日本には乏《とぼ》しい。

したがって製鉄メーカーも、そうした金属材料の開発には消極的になる。だから開発されない。

つまり、この問題は単純な技術の問題よりも、経済における市場規模の問題のほうが大きいのだ。

しかし、海軍が積極的にそうした鋼材を活用するようになれば、企業側にも開発する動機が生まれ、生産されるだろう。それは海軍にも企業にとっても望ましい。

そして寺本は、そうしたことに関して腹案を持っていた。

「ですから舞鶴海軍工廠の肝《きも》いりで、鉄工所を建設するのです」

「鉄工所を建設だと……」

工廠長は寺本の話についていくのが難しいらしい。ただ悪い話ではないという直感が働くのか、話を聞く。

「海軍工廠に鉄材を納入している鉄工所に、そうした鋼材を研究させて生産させるのです」

「しかし、本邦では例のない事実だ。ほぼゼロからの建設になるのではないのか？　それは中小の鉄工所には負担にならんか」

工廠長の指摘は、適切なものと寺本には思われた。あえて中小の鉄工所と言うのは、地元の鉄工所を育成するという意味が含まれているからだ。

それは寺本の構想とも一致する。

じつは、彼は潜水艦用の溶接可能な高張力鋼の生産について日本製鋼所などの大手にあたっていた。しかし、感触はよくない。

理由は単純で、量が出ない生産のために研究や生産施設の増設などしたくないということだ。聞けば自動車専用の鉄材を要求された時も、同様の理由で断ったらしい。

大手を動かすことは難しいと考えた寺本は、だから中小の鉄工所に目をつけていた。海軍がコンスタントに購入してくれるなら、その材料に特化すれば中小企業のほうが経営には有利という判断からだ。

研究してくれない大手より、研究してくれる中小企業のほうが海軍にとっては価値がある。

寺本は、そうしたことも工廠長に説明する。

「仮に建設するとしたら、電気炉ではなく高炉を利用した鉄工所とすべきでしょう」

「高炉から作るのか？　高くならないか？」

工廠長が言うのは鉄材のコストのことだ。日本は鋼材生産ではアメリカなどからくず鉄を輸入し、それを材料に電気炉で鋼を生産していた。

理由は、これも技術よりコストの問題で、くず鉄から生産したほうが海外の鉄材に対して価格競争力を持つからだ。

ただ、海軍にとって仮想敵国はアメリカであり、そのアメリカから軍艦の材料を輸入するというのは問題ではないかということは、かねてより指摘されていた。

寺本はそれもあって、鉄鉱石を高炉から加工する一貫生産体制を作るべきと考えるようになっていた。

これは大手民間企業の鉄工所も考えていたことで、高炉を持ち、鉄鉱石から鉄材生産を行う大規模一貫製造なら、インド鉄などよりも価格競争力を持つという論理である。

ただその建設許可は、日鉄第一主義の商工省の許可が得られていないために実現していない。

だが、寺本がいま考えている鉄工所なら話は違う。中小なのでスケールメリットは大手ほど得られないが、海軍向けの特殊材料の生産であれば、トン単価が高いので採算はとれるだろう。

それに中小が海軍向けに生産するのであれば、商工省からの横槍も入るまい。

「なるほど面白いな」

工廠長は言う。

「そういうことであるなら、鎮守府《ちんじゅふ》長官にも話を通しておこう。これはなかなか面白いことになりそうだ」

第2章　乙型《おつがた》海防艇

1

昭和一四年の夏。

舞鶴海軍工廠《こうしょう》では、その艦艇の公試に予想以上の人間が集まっていた。基準排水量七四〇トンの小型艦の公試であり、本来の公試関係者の数は少ない。

ところが、それ以外の見学者が公試関係者の優に倍はいた。

主務者である熊谷《くまがい》造船大尉にとって、それは単なる公試ではなかった。東京の艦政本部からも多数の造船官や技術者が見学に訪れているばかりか、海軍省軍務局や軍令部二部からも人が来ているという騒ぎである。

そうしたなかで親しげに話しかけてきたのは寺本造船中佐であった。思い起こせば、すべては彼が舞鶴海軍工廠を訪れた時から始まったのだ。

「無事に公試までこぎつけられたな。おめでとう」

寺本は手を差し出す。

熊谷はその手を受けて握手をするが、いつもながら寺本の握力は強い。握手でも全力を注ぐような男でなければ、こうした事業はなし得ないのか。

「一時はどうなることかと思いましたよ。なにせ歩留《ぶど》まりが悪かった」

そう言ってから、彼は周囲に舞鶴鉄鋼所の吉田《よしだ》社長がいないことを確認する。

艦艇の公試であるから、吉田社長がいるはずはないのだが、なにしろここ数ヶ月は寝食をともにしているので、この場にいても違和感を覚えないのだ。

吉田社長は舞鶴の小さな鋳物《いもの》工場の二代目であった。京都帝大を卒業するほどの秀才で、住友《すみとも》金属に勤務していたが、諸般の事情で家業を継ぐことになった人物だ。

中小企業の社長とはいえ、大手企業でのマネジメントやアメリカなどへの海外出張で外国事情にも明るい。

そのため彼は利の薄い鋳物ではなく、精密型鋳造《ちゅうぞう》、いわゆるダイキャスト技術に会社の方向性を転換した。

先代と異なり、彼は民生よりも軍需に食い込むことを目指していた。軍用にも耐えられる鋳造技術を確立することで、海外市場の開拓なども考えていたらしい。

そうしたなかで彼は寺本の訪問を受け、溶接可能な鋼材開発を請け負った。それはかなりリスクを伴う投資であったが、海軍が採用すれば陸軍も採用するという読みもあった。

陸軍も自動車化を進めているから、溶接可能な高張力鋼の需要は大きいはずで、日華事変も起きているいま、投資は回収できるだろうという読みである。

吉田はそれだけでなく、別のことも考えていた。自分のような中小企業が小ロット向けの高炉からの一貫生産を成功させるなら、その生産設備を商売に使える。満州《まんしゆう》やアジア各地に小規模な需要を満たせる鉄の一貫工場という拠点を建設できる。大手が大規模工場という先入観で進出をためらっている間に、自分は小規模生産施設で市場を押さえることができるという計算だ。

吉田社長は、そんな構想を寺本や熊谷に熱く語っていた。吉田はしかし、大言壮《たいげんそう》語《ご》するだけのことはあった。彼は溶接可能な高張力鋼を完成させてしまったのだ。

もっとも、歩留まりはあまりよくなかった。それでも技術的に改善すべき部分はわかっており、そう遠くない時期には改善すると言っていた。

「しかし、当面は乙型は一隻だけか？　歩留まりは大丈夫なのか？」

そう心配する寺本に熊谷は言う。

「大丈夫です。一号艇は鋼材生産と建造が自転車操業でしたけど、二号艇以降は次年度予算での建造なので、当面の材料不足は回避されます」

「まぁ、すべてはこいつの結果次第だからな」

そう言いながら寺本は、海防艇の船体を手で叩いた。


寺本造船官の新型水中高速潜水艦の建造は、すでに計画としては始まっていた。ただし、舞鶴海軍工廠での具体的な作業はできていない。

理由はいろいろあるが、国産材料で建造できる目処《めど》が立ったことで、当初予定されていた外国製鉄材の輸入が禁止されたためである。

これは主として商工省の施策の結果だ。産業の統制とともに外貨の流出を抑えるため、可能なかぎり国産品を利用することになったのだ。

この商工省の政策の影響を受けたのは寺本だけではない。というより、多くの産業が影響を受け、寺本などその一部に過ぎなかった。

例えば、年産二万台以上の生産を誇っていたフォードやＧＭの日本での自動車生産は激減した。ノックダウン生産がコスト的に引き合わず、さらに日本で得た利益を本国に送れなくなったのだ。

ともかく、こうした事情で新型潜水艦の建造は、図面と基礎実験以外は停止状態にあった。

もっとも寺本造船官には、それはむしろ僥倖《ぎょうこう》だった。新機軸を多用した潜水艦だけに、時間的な余裕はなによりもありがたい。

さらに、彼は舞鶴製鋼所の鉄材による海防艇の話を聞き、その建造経験を図面に活かそうとしていた。だから商工省の輸入制限は、ある意味で好都合でさえあった。

熊谷が担当していた海防艇とは、海外ではコルベットとかフリゲートに相当する船舶だ。

船団護衛などに用いるための船舶で、じっさい爆雷投射機や連装高角砲と単装高角砲の砲塔二基を装備するなど、排水量の割に充実していた。

海防艦ではなく海防艇なのは、海軍の類別標準では海防艦は軍艦扱いであり、技術検証の目的で建造するには向かないためだ。

二等駆逐艦でも水雷艇でもないのは、建造技術の検証が重要なので、魚雷発射管まで装備すると本来の目的がブレるという懸念もあったからだった。

その技術検証とは、言うまでもなく溶接で艦艇を建造することにある。それは溶接技術の問題だけでなく、設計手法や建造手法についても検証するという広範囲なものであった。

例えば設計図にしても、リベット構造とでは重量計算が異なり、そうした部分の計算方法も新たに考えねばならなかった。また、熱による変形の問題も試行錯誤を重ねていた。

しかも、溶接技術そのものも発展途上にあり、溶接棒の改良と建造が並行して進められる箇所もあった。

寺本はそうして可能なかぎり乙型海防艇の状況を見学し、自分たちの潜水艦図面に取り込んでいった。

そして、それがいま完成し、公試に入ったのである。

2

「どうですか、寺本さん」

熊谷は、公試中の艇内を舐《な》めるように見学していた寺本に感想を聞いた。

寺本は確かに頻繁に見学に来ていたが、彼の関心は溶接可能な高張力鋼と溶接技術にあり、乙型海防艇そのものにはあまり関心がなかった。極端な話、船は見ないで溶接跡だけ見ているようなものだった。

だから船として全体を見るのは、おそらくこれが最初と思われた。

「居住区はあまり広くないんだな」

寺本は居住区を最初に観察したらしい。あそこが一番、溶接具合がわかりやすいからだろう。

「客船じゃありませんからね。それに一人あたまにすれば、駆逐艦程度はありますよ」

「なるほどな。いや、機関部は妙に広いじゃないか。だから、その空間を居住区にまわせたんじゃないかと思っただけだ」

「あっ、それですか」

熊谷は、その点に気がついてもらったことに喜んだ。

「本艦には溶接技術の検証と同時に、護衛任務などに専念する艦艇のモデルシップ開発の意味もあります」

「それは初耳だな」と寺本は口にしたが、熊谷はあなたがちゃんと聞いていなかっただけでしょうと思う。むろん、口にはしないが。

「沿岸防御を二等駆逐艦などでするのは鶏《にわとり》を割《さ》くに牛刀《ぎゅうとう》を用いるようなもので、敵潜の類には海防艇のようなものが適切です。

そしてこれは、溶接構造と不可分です。溶接により短期間に海防艇を量産できる。逆に、建造に時間がかかっては意味がない艦艇です」

「なるほど。大西洋でイギリス軍が使っているような艦艇か」

「まさにそうしたものです」

熊谷は、寺本がちゃんと大西洋の戦闘に目配りしていることに感心した。もっとも潜水艦を開発する側としては、Uボートの活躍は他人事《ひとごと》ではないのだろう。

「しかし、それと機関室の容積はどう関わる？」

「舞鶴海軍工廠の造機部をご存知だと思いますが、艦艇量産の隘路は機関の生産力です。

理想を言えば、ディーゼル主機が最善なのですが、戦時下でそれがどれだけ量産できるかわかりません。海防艇以外のエンジン需要も増大するはずです。

そうしたことを考えるなら、その時点で手に入るエンジンならなんでも搭載できるようにすべきです。じじつ本艇は、最初はディーゼル搭載の予定でしたがその手配がつかず、急遽《きゅうきょ》、タービンエンジンに変更されました。

しかし、原設計がそうしたことを考慮していたため、工事への影響はほぼありませんでした。本艇はですからディーゼルやタービンだけでなく、レシプロエンジンの搭載も考慮しています。あれなら町工場でも製造可能ですから」

「しかし、レシプロエンジンではそれほどの性能は発揮できまい」

そんな寺本に、熊谷はなんでもないと言いたげに返答する。

「それは運用でなんとでもなるでしょう。近海の内航船相手の護衛なら、レシプロエンジンで対応できます。外洋に出るものだけタービンやディーゼルを載せればいいのです。

重要なのは、ディーゼルしか搭載できないと、いかに溶接で船体を量産しようとも、戦力化可能なのはディーゼルエンジンの数と同じになります。

しかし、レシプロも搭載できるなら、量産した船体はそのまま戦力化できます。レシプロ搭載の性能がディーゼルを搭載した時の半分だったとしても、ゼロよりははるかに大きい。それが重要だと思います」

「なるほど。焼玉エンジンも載るのか」

それは半分冗談みたいな質問だったが、熊谷は可能であると即答した。

「ほかにもこの海防艇の特徴はあるのか」

寺本はあくまでも溶接技術の検証という視点でしかこの海防艇を見ていなかった

が、どうも熊谷は別の視点でこの実験を解釈しているようだ。寺本にはそれが気になった。

「乙型はいまだにこの一隻だけですが、必要ならば量産可能な船にしたいと思っています。それには溶接技術が不可欠でしょう」

「具体的には？」

「量産する船体ですから艤《ぎ》装品《そうひん》も統一し、標準化も可能ではないかと思っています」

つけ加えるように熊谷は続ける。

「まぁ、自分の考えは、西島《にしじま》造船少佐の受け売りみたいなものです」

「あぁ、西島さんか」

寺本はそれで納得できた気がした。彼が潜水艦を舞鶴で建造しようと考えたのには、福田《ふくだ》烈《れつ》という個性的な造船官の存在があった。

海軍の溶接技術に生涯を捧げたとも言われる人物だ。舞鶴は彼の古巣であり、それだけに溶接技術への抵抗感が薄いと考えていたのである。

西島造船少佐はその福田の薫陶を受けた人物で、現在は呉海軍工廠にいる。

熊谷も、西島がいま何をしているかまでは知らないだろう。なぜなら彼はいま、海軍の技術を結集した新型戦艦の建造という重責にある。

寺本は西島と直接の交友はない。ただ新型潜水艦の開発経緯の中で、新型戦艦の状況について情報が入っていた。一応、彼も広い意味では関係者だ。

聞いた話では、西島は新型戦艦では工程管理という部分で新機軸を導入しているらしい。巨艦を期日までに完成させるには、従来のような工程管理では不可能であるからそれを改善するという。

寺本にもそれ以上の話はわからない。相手は海軍の最高機密だ。

正直、寺本は西島のやってることが自分の計画に関係するとは思っていなかった。いままでの経緯から考えて、高性能潜水艦の試作品を一隻建造すればいいとだけ考えていたのだ。

しかし、熊谷との会話の中で、自分の浅慮を思い知らされる気がした。

試作一号を建造したとして、その次はどうなるのか？　試作品とは、量産を前提としたものではないのか？

だとすれば、試作品といえども量産についての配慮があってしかるべきだ。

その観点で考えるなら、恥ずかしながら自分の仕事には量産という観点が欠けていた。

ただ、自分が開発しようとしているものは未踏分野の開拓でもある。それにいまさら設計変更は難しい。しかし、量産という観点を無視するのも問題だ。

もともと寺本が溶接構造の潜水艦を唱えたのは、水密性の確保にあった。日本の潜水艦はリベット工法で建造されているため、どうしても水密に問題があった。

それで沈没に至ったことはないものの、艦内の居住性は高温多湿になりがちで、決して望ましいものではない。

潜水艦の艦内環境は溶接工法で解決するほど単純ではなく、いくつかの要因が重なってはいるものの溶接のメリットは少なくないのだ。

だが、自分が溶接に期待していたのはそこまでだ。本格的な量産についての視点は欠けていた。

工業力で劣勢な日本だからこそ個艦の質で相手を凌駕《りょうが》すべきという意見もあるし、じっさい寺本もその考えから艦艇を設計している。

しかし、数の劣勢を質で補うのにも限度がある。いかに水中高速潜水艦が画期的でも、一隻では話にならない。

もともと新型戦艦のために始まった設計だから、世界最強の戦艦か何かと同じ発想で設計していたが、戦艦と潜水艦では話が違う。

「これは根本的に設計を改めねばならないな」

寺本造船官は、そう心に誓った。同時に舞鶴海軍工廠を選んだことは正解だと彼は思った。

3

「お噂は艦政本部長よりうかがっていました」

西島造船官は、呉海軍工廠の一室に寺本を迎え入れた。海軍工廠の中ではあるが、戦艦が建造されているエリアからは離れている。

「殺風景なところで申し訳ない」

西島は自らお茶を用意する。

彼の立場ならそんなことをすべきではないのだが、寺本のほうが海軍では先任であるのと、新型戦艦の建造中であるため、こうした話し合いには極力、他人を近寄らせないという機密保持上の理由かららしい。

造船官として寺本も「新型戦艦の進捗《しんちょく》はいかがですか」と尋ねたいところだが、そんな真似が許されるわけがないことも重々承知していた。

「上田さんがなにか？」

「寺本さんはA140の生みの親、新型潜水艦は姉のようなものだと」

「姉のようなもの……」

艦政本部長がそんなことを言っているとは、はじめて知った。もっとも新型戦艦建造について、予算の問題まで知っているような相手でなければ通じない話である。なおかつ、それがわかる人間は、そもそも他人と新型戦艦について話題にはしない。寺本の耳に入って来ない道理である。

「要するに、新型潜水艦とA140は同じ予算で建造された姉妹ということですよ」

「姉というなら戦艦こそ姉では？」

「いえいえ、先に生まれるのが姉じゃないですか」

西島の話は、どこまで真剣で、どこまでが冗談なのかわからない部分もあった。しかし、寺本の話に乗ってくれそうな感触はあった。

「それで、小職《しょうしょく》に量産についての話を聞くためにいらっしゃったとのことですが……」

寺本は自分が建造中の潜水艦について概略を述べ、それを量産するにはどうすべきかの意見を西島に尋ねた。

西島は多忙にもかかわらず、寺本の話に真剣に耳を傾けてくれた。

「小職が思いますに、溶接による潜水艦量産の最大の問題は、人間の意識でしょう」

西島造船官は意外なことを問題点としてあげる。

「人間の意識ですか……」

「小職が現在、行っている業務については軍機のため口外できませんが、量産性や製造過程の改善を指導しております。

簡単に言えば、製造過程を科学的に合理化するのがその骨子ですが、なかなかこの考え方を理解してくれる人材にはめぐり会えません。

熊谷くんなどはそうした点で非常に有能な人材なのですが、工廠長が手放してくれません。まぁ、それはわかりますがね」

「確かに」

西島が新型戦艦の建造という大きな仕事を託されているなかで、純粋な技術的問題ではなく、人間の意識をあげたことは寺本を考えさせた。

純粋に技術的問題ならば、自分も経験を積んだ造船官であるから、たいていのことは解決できるという自負はある。

しかし、製造工程の合理化に対する人間の意識となると、寺本もどう対処すべきか何も思いつかない。

ただ西島を見ていると、そうしたことも含めて製造技術であると考えざるを得なかった。

具体的にどんなことがあるのか？　それを尋ねたい寺本だった。しかし、新型戦艦という最高機密の話を西島に問うのも違う気がした。

それは西島もわかっていたのだろう。彼はこんなことを語りだす。

「熊谷くんの仕事なんですが、彼の話を聞いて思ったことがあるのですよ」

それがいまの西島の口から語れる最大限の内容であることは、寺本にはすぐにわかった。

「まず、これはなかなか我々の立場では難しいのですが、建造する図面の変更を一切認めないことです」

「図面の変更を一切認めない……」

建造側の意識の問題。西島はそれを指摘したが、なるほど具体的な話となると、容易な話ではないようだ。

海軍艦艇は何々型と同一のシリーズはすべて同じ艦艇であるように思われがちだ。

しかし現実は違う。戦艦や空母のような大物は造船施設や造船時期により、艤装品を中心に細かい修正が加えられ、厳密には同じ軍艦ではない。

建造中に初代の艦長となる艤装委員長などが、自分にとって使いやすいように改修意見を述べることなど、日常茶飯事の光景だ。

それは悪意とか利己心という話ではなく、基本的に善意であり、自分に使いやすければ他人にも使いやすいだろうと思うからだ。

西島は、それを認めるべきではないと言うのだ。理由は寺本にもわかる。些末《さまつ》なものでも図面の変更は作業を遅らせてしまうからだ。

それに、そんな些末な改善をしたところで艦の性能が向上するわけではないのだ。しかも人事異動で艦長が代われば、そんな改善も意味を失う。

とはいえ、用兵側にそれを認めさせるのは容易ではない。なるほど、建造の合理性を納得させるというのは意識改革にほかならない。

「図面の変更を認めないのは、無駄な作業を減らすためだけじゃない。すべての部品を規格化するためでもある。同一図面で建造された艦艇は、部品レベルですべて同一でなければならない」

舞鶴で熊谷も「艤装品の統一と標準化」という話をしていた。あの時は極端な話だと思っていたが、改めて西島の話を聞くと、全体としてそれがどんな意味を持つのかわかってきた。

結局それは、数の優位を諦めた個艦優秀思想ではなく、量産競争でも欧米と競える生産技術の確立の話なのだ。

個艦優秀といっても、それはある面で敗北主義にほかならない。そうではなく、標準的な水準の船を量産するという別次元の発想と技術なのだ。

ただそれを実現しようとすれば、多くの軋轢《あつれき》を生むだろう。自分が受けた教育を考えてもわかる。すべては数では勝てないという前提から出発しており、数で負けない技術という発想がない。

ただ、それを理解できる人材が少ないということだ。それは技術の問題ではない。意識改革の問題となる。

「日華事変は終息の気配を見せません。国際情勢は緊迫化の一途をたどっています。そうなれば、日本がアメリカなりイギリスなりと開戦する可能性も無視できない。しかし、そうした国々と戦端を開いたなら、総力戦は避けがたい。ならば量産技術の確立は不可避です」

西島は熱くそのことを寺本に語った。

寺本にも異存はない。同時に西島のジレンマも彼は感じていた。

西島が新型戦艦の現場でどんな采配を振るっているのか、それは寺本にもわからない。

つまり、寺本レベルの造船官でさえ、西島の仕事を知ることはできない。西島が現場で意識改革を行っていたとしても、それは外部には伝わらないのだ。

そうしたなかで、自分の考え方を広く海軍に理解してもらうためには、新型戦艦建造に関わっていない人間にも理解者を増やし、彼らに実践してもらうしかない。

そして、まさに西島は、熊谷や自分にそれを託そうとしているのではないか。

それは理解できる。新型戦艦は現時点では二隻の建造予算が認められている。

しかし、それが一〇隻以上建造されることはないだろう。せいぜい四隻だ。二隻で終わることとさえ十分に考えられる。戦艦とはそういうものだ。

しかし、それでは日本の造船関係者の意識改革には、ほぼつながらない。戦艦の機密保持の難しさが、ここでは逆風となるからだ。

それよりも乙型海防艇や新型潜水艦のように、数が必要な艦艇で新しい考え方を広めるほうがいいだろう。

むろん潜水艦にしても軍機は多いが、量産が始まれば関わる人間は戦艦より多い。

「ほかに溶接による量産で考えるべきは？」

寺本は食い下がる。

西島も暇ではない。次にこんな機会が得られるかどうかわからない。ならば、これが最後というくらいの気持ちで尋ねねばなるまい。

「ドイツのUボートは分散して建造していると聞く」

「分散……とは?」

寺本には西島の言う分散の意味がわからない。

「ドイツもやっと潜水艦建造を再開した段階で、小型潜水艦しか建造していないが、計画としては分散するらしい。

つまり、溶接で建造するから艦首、本体、艦尾をバラバラに建造し、最終的に一つにまとめて溶接して完成する。三つの部分が同時並行に建造できるから、三分の一とはならないまでも工期の大幅な短縮につながる」

「それは……かなりの精度管理が必要……あぁ、だから意識改革ですか」

西島の頭の中には、言葉にしていない数多くの構想があるのだろう。しかし、彼はそれを語らない。まだ機が熟していないと思っているのだろう。

「分割のメリットは工期だけじゃない。造船業は海岸地帯でなければ不可能だったが、組み立てた船体を鉄道輸送できれば、内陸部の鉄工所でも建造できる」

「つまり、新しい精度管理の考え方が日本全土に普及する」

西島はそれに対して何も言わなかったが、わかってくれたかという表情を向ける。それがすべての返答だ。

西島の多忙もあり、会見はそれで終わったが、東京に戻る汽車の中で寺本は終始、この会見の内容を考え続けた。

4

「艦政本部側から軍令部への提案かね」

上田艦政本部長は、寺本の提案にいささか驚いていた。

通常、海軍艦艇は軍令部の作戦構想を具体化する手段として建造される。むろん予算や技術の問題もあるので、海軍省や艦政本部との話し合いが持たれて現実的なところに落ち着く。

まず軍令部の構想が先であり、艦政本部からの提案というのは稀《まれ》だ。非常識と言ってもいいだろう。

ただ艦政本部長も、寺本の提案を門前払いにはしない。寺本クラスの人間の意見には耳を傾けるべきであるし、戦艦や巡洋艦の類なら、軍令部への提案だと「作戦に口出しをした」と反感を買うが、特務艦の類ならそれほどでもない。

特務艦への関心は軍令部でもそれほど高くない。というより、実戦部隊には支援艦艇が必要であり、あればあるだけ困らないという程度の認識だろう。

「水中高速潜水艦の量産技術確立とそのための潜水母艦の建造。まぁ、新型潜水艦の建造が許可されたからには、その量産と潜水母艦の建造も無下にはされないだろうがな」

上田艦政本部長は、寺本の提案書をざっと眺めて自室の机の上に置く。

「まぁ、造船官は軍令部の召使いではない。言われたままのものを建造する時代は終わった。これからは造船官も提案すべき時代だ。

造船技術が飛躍的な進歩を遂げようとするいま、用兵側と造船側は互いに競争し、切磋《せっさ》琢磨《たくま》が必要だ。軍令部は艦艇技術を学び、造船官は戦術を学ぶ。そうやって帝国海軍は列強に伍していかねばならぬ」

そして彼は言う。

「で、この潜水母艦はどんなメリットがあるのか。第二状態で空母になると書かれているが」

さすがに斜め読みのようでも、艦政本部長は勘どころを押さえていた。

「第二状態で空母になると記しましたが、正確にはやや違います」

「どう違う？」

「この潜水母艦の船体は、中型空母の船体と共通ということです。この船体から空母を建造すれば、搭載数五〇機程度の中型空母になります。

ですから、すべての支援艦艇でこの船体を活用すれば、短期間に中型空母群を整えることが可能です」

「それを確認するために、潜水母艦を溶接で建造するわけか」

「汚名返上の意味もあります」

寺本が言うのは、こういうことだ。昭和九年頃に海軍は大鯨《たいげい》という潜水母艦を建造していた。

この潜水母艦は、日本海軍としてはじめてではないが（最初は敷設艦八重山《やえやま》）、大型軍艦でははじめて全面的に溶接により建造された軍艦であった。

しかし、大鯨は失敗作というのは言い過ぎとしても、日本海軍の溶接技術に、なお多くの問題を残していることを露呈する結果となった。じっさい改修工事が長引き、竣工したのはつい最近だ。

寺本の言う汚名返上とは、再び全溶接工法による潜水母艦を建造し、海軍の溶接技術の進歩を証明することにあった。

「仮にその船体を建造するとして、潜水母艦と空母以外に何ができる?」

それは寺本には挑戦に聞こえた。

「通常は二軸推進ですが、四軸推進に改修する構造は織り込んであります。その場合、最高速力は三〇ノット、空母としては十分でしょう。

あくまでもこの船体をそのまま使うのであれば、速度で妥協できるなら重巡にも転用できます。船幅がある分だけ、重武装も可能かもしれません」

「戦艦以外は、たいていの大型艦に対応できるわけか」

上田艦政本部長にとって、それは意外なことだったらしい。支援艦艇だから船体を共有できるのは、支援艦艇と中型空母から小型空母程度と思っていたのだ。

「もちろん、駆逐艦は無理だと思いますが……」

「まぁ、そうだろう」

艦政本部長は寺本に曖昧《あいまい》な受け答えをするが、頭は最大限に働いている。艦政本部長という組織の長である彼は、寺本とはまた別の世界を見ていた。

「この提案書には設計変更を認めないとあるが、それは各海軍工廠についてもそうなのか」

「徹底した規格化、標準化により量産を可能とするのが目的ですので、民間造船所はもちろん、海軍工廠も例外ではありません」

寺本の言葉に、上田は彼が予想していないことを述べる。

「となると、艤装委員会の規約も改正する必要があるな」

「艤装委員会の規約ですか？」

「当然だろう。設計変更を認めないというのは、つまり艤装委員会による修正意見も認めないということだ。ならば、彼らはなんのために必要か。そうしたことを検討し直さねばならん。それに、より大きな問題がある」

「量産が何か問題となりますでしょうか」

「貴官の責任ではないが、艦船を量産したのならそれを動かす人間がいる。軍艦なら艦長は大佐、艦艇でも大尉、少佐、中佐が必要だ。海兵の卒業者数が問題となるかもしれん」

それもまた、寺本の考えていない視点であった。だが、確かに軍艦を量産しても、艦長たる人材がいなければ戦力にはならない。

上田は、造船官も戦術を理解しなければならないと言っていたが、どうやらそれは自分が理解していたよりも、奥の深い意味であるらしい。

「まぁ、海兵の定員そのほかは、私のほうの仕事となろう。それでだ。貴官の提案を具体化するとして、少し弾が少ないように思う」

「弾がですか？」

「軍令部といえども、作戦課だけで動いているわけではない。動員計画や出師《すいし》準備にあたる部局もある。特別会計が認められているとはいえ、いたずらに大きな補助艦艇は建造できまい。

　中型空母にもなる潜水母艦のほかに、より小型で安価な潜水母艦の設計も用意すべきだろう」

「となると、性能はやはり落ちますが……」

「それは当然だ。性能は劣るが安価で数が揃えられる案と、高性能だが高額な案の二つを用意する。

　軍令部も選択肢が一つでは、我々に強制されたような印象を受けるだろう。それよりも、軍令部が選択できるという事実が重要だろう」

「しかし、軍令部が小型の提案を選んだら？」

「それで何か問題があるのかね。そもそも貴官の提案は、量産技術と新鉄材による艦艇量産技術の確立ではないか。

それなら、建造される艦艇が大型であろうが小型であろうが、本質的な問題ではあるまい。重要なのは建造されるという事実だ。違うかね」

確かに上田の言う通りだった。何も建造されない。避けるべきはそうした事態ではないか。

「そうだと思います」

「なら寺本くん、早速かかってくれ」

「急ぎますか」

「可能なかぎり急いでほしい。じつは艦政本部長から異動になるという内示が出た。私が現職にいる間に建造までの道筋はつけたい」

「わかりました！」

5

「不思議な船だな」

昭和一五年の夏、杉本《すぎもと》中佐は自分が新しく赴任する潜水母艦の姿にそんな印象を受けた。

潜水母艦秀鯨《しゅうげい》、それが艦の名前だ。基準排水量は六〇〇〇トンであり、潜水母艦としては小型といえる。

これは海軍の類別標準が改定され、潜水母艦が軍艦から一般艦艇に変更されたことが関係しているらしい。そのため中佐の彼が艦長となった。

もっとも軍艦ではなくなったので、正確には艦長ではなく潜水母艦長なのだが、長いので艦長で通っていた。

ちなみに類別標準の変更により、海防艦も軍艦から一般艦艇となり、これに伴い従来の乙型海防艇は乙型海防艦となった。

その潜水母艦秀鯨は、あまり潜水母艦には見えなかった。はっきり言えば空母である。

なにしろ全通甲板が飛行甲板として存在し、左舷中央に小さいながらアイランドが設けられていたからだ。

じっさい、空母のように見える船形は偶然ではない。六機の飛行機が搭載されていたためだ。

搭載されているのは、複座水偵のフロートを車輪に変えた九五式水上偵察機だ。複葉機なので短距離でも発艦できた。

もっとも、全金属単葉が海軍航空機の主流となろうとしている時期に、複葉機搭載とは技術的後退にも思えるが、これは行政的な問題だった。

つまり、潜水母艦に搭載できるような適当な偵察機がないということだ。最新の九七式艦攻なら魚雷を搭載せず、爆装を制限すれば離発着可能だが、正規空母への配備が最優先され、秀鯨には配備されないのである。

旧式でも飛行機を運用できるほうが、飛行機ゼロより都合がいい。

海軍がこの秀鯨に何を期待しているのかは、杉本中佐にはよくわからなかった。杉本は水雷から航空に転科した人間だ。水雷に関する知識は確かにある。しかし、現在の専門は航空機だ。潜水母艦の艦長になれという辞令を受けた時に、当惑したのも事実である。

しかし秀鯨の姿を見て、海軍省人事局が自分を艦長にした理由はわかった。水雷の知識と航空機の知識の両方を持つ人間が必要ということだ。

そして、彼の水雷の知識が過去のものであることを思うなら、海軍上層部は秀鯨を潜水母艦よりも空母的に運用したいと考えているのか？

異例なことは、もう一つある。

通常、新造艦の艦長は艤装委員長がなるのが一般的だ。最初の幹部乗員を艤装委員にして、就役後の円滑な運用を意図しているのだから、それは当然だろう。

しかし、杉本はといえば、秀鯨が公試に入る段階で艦長として公試に立ち合うこととなった。

「まぁ、山内《やまうち》さんは喧嘩して辞めちゃったんですよ」

「喧嘩して辞めた！」

それを教えてくれたのは、先任将校で飛行長の職につく予定の小暮《こぐれ》少佐だった。

やはり秀鯨にも艤装委員会があり、委員長がいた。それが山内という人物だという。

言われてみれば、そういう名前に杉本も心当たりがないではなかった。

「艤装委員長として、あれこれ改善意見を言ったんですが、造船側が設計の変更は認めないとかたくなで、それで艤装委員長を辞めちゃったんです」

しかし、小暮少佐は山内の辞職をあまり残念には思っていないようだった。

「設計変更をしないってのは、最初から説明されていたことなんですよ。設計を凍結することで量産性を上げることも、建造実験には含まれているって。

それなのに山内さんは、頭からそんな話を無視して改修意見を要求したんです。現場じゃラチがあかないと、艦政本部にまで話を持ち込んだらしいです」

杉本はいささかその話が気になった。前の艤装委員長がそこまで固執するというのは、何か大きな欠陥がこの船にはあるのか。

小暮はその可能性を一笑に付した。

「そんなんじゃありませんよ。艦長室を広くしろとか、窓を増やせとか、そんな個人の趣味みたいな話ですよ。

要するに、自分が快適になればいいって改修です。それが聞き入れられないことに腹を立てたんですよ。造船官ふぜいが将校の意見が聞けないのかってな具合です」

「よくは知らないが、なかなかの人物のようだね」

杉本は無難にそう言った。

じっさいのところ、山内がどんな人物か知らない以上、感想を述べるわけにもいかないだろう。

「なかなかいない類《たぐ》いの海軍将校なのは確かです。まぁ、戦場でともに戦いたいような上官ではありませんよ」

杉本は小暮の様子から、どうやら前任者があちこちに敵を作るタイプなのはわかった。

ただし、小暮は前任者の愚痴ばかり言う人間ではなかった。彼は飛行甲板や格納庫を案内する。

「旧式の飛行機に見えますが、信頼性は折り紙つきです」

「この飛行甲板では、どこまでの爆装が可能かね」

「六〇キロ対潜爆弾の搭載が可能です」

それは杉本には、いささか意外な数字だった。複葉機だから揚力が大きいのか？

「フロートがないのが大きいようです。フロートだけでもそこそこの重量がありますから」

「なるほど」

六〇キロ対潜爆弾を搭載することに、彼はいささか驚いていた。確かに原型である九五式水偵は三〇キロ爆弾二個を搭載できたが、この潜水母艦の飛行甲板から爆装させて飛び立てるとは思わなかったのだ。

「六〇キロ一発か三〇キロ二発ですね。潜水艦相手なら三〇キロ二発のほうが、命中率は高いでしょうが」

「先任は敢闘精神が旺盛だな」

それは小暮に対する皮肉ではなかったが、小暮にはそう聞こえたらしい。

「対潜作戦は重要な任務と考えますが」

「ちょっと待ってくれ、対潜任務とはどういうことだ？　秀鯨は潜水母艦ではないのか」

杉本の言葉に小暮は呆気《あっけ》に取られた表情を見せるが、すぐに納得したらしい。

「あぁ、すいません。艦長は艤装委員ではなかったことを失念しておりました」

「それが何か関係するのか」

「あぁ、これはあの、秀鯨を建造した寺本造船官の話で、山内さんの辞職とも関係しているのです」

「はぁ？」

小暮の話はこうだった。

寺本造船官は新型潜水艦の量産と並行して、潜水母艦の建造も管轄していたらしい。

そのため建造現場に頻繁に現れては、技術指導や改善点の聞き取りを行っていたという。

そして、寺本は新機軸の潜水母艦の運用に関しても設計に織り込んでいたらしい。

「単なる補給のための母艦機能だけでなく、航空偵察を行いつつ敵を発見し、敵潜に航空攻撃を仕掛けたり、あるいは敵船団に対して潜水艦を集団運用することも織り込んである」

寺本は彼なりに潜水艦の専門家の意見を聞いて、この潜水母艦を設計したらしい。だから艦載機が対潜爆弾を搭載したりできるようだ。これに関連して、本艦の無線通信機能もかなり高性能であるという。

これに対して強く反発したのが山内だった。

「造船官ふぜいが用兵に口を挟むな！」

彼はこう反発したのだ。

すでに造船官が設計変更を認めないこともあって、彼は上層部に抗議するも、それは受け入れられず、艤装委員長を辞するという選択をしたのだという。

杉本艦長は山内のことよりも、寺本造船官の潜水母艦の運用思想こそ興味深いと思った。

特に強力な無線通信機を装備し、航空偵察を行い、潜水艦集団で敵を攻撃するという構想は、少なくとも彼が水雷畑にいた頃には聞いたことがない。

むろん海軍将校の立場で、そんなものは造船官の戯言《たわごと》と無視することもできるが、それは杉本の流儀ではない。

彼は航空畑の人間として、潜水母艦秀鯨の運用についてはよくわからないというのが本音であった。

航空機を多数搭載することが自分の選ばれた理由なのは間違いないとは思うのだが、明確な運用は考えていなかった。

というよりも潜水母艦の運用など、潜水艦の補給と支援以外にないのが普通ではないか。にもかかわらず、秀鯨はまったく異なる運用を考えているらしい。しかも将校ではなく造船官が。

航空機を搭載することそのものは、杉本も不思議と思っていない。

日本海軍の艦艇は艦隊決戦を前提に建設されている以上、大型艦は航空機を搭載し、索敵能力を持たねばならない。

敵に先んじることこそ、艦隊決戦の勝敗を決める。ならば艦隊は、より多くの偵察機を持つべきだ。

ただそれでも、秀鯨の空母形状と六機の偵察機は、航空兵力過剰に思われるのだ。

この杉本艦長の疑問は意外な形で氷解した。

秀鯨は連合艦隊司令部直率となった。これは作戦の状況によって適宜《てきぎ》、必要な部隊に編組するためらしい。遊撃隊的な運用を期待されているようだった。

もっとも秀鯨型はいまのところ一隻だけで、将来数が増えたら戦隊を組むかもしれないが、現状は一隻だ。

そして、現時点で秀鯨が面倒を見る潜水艦も一隻だけだった。伊号第二〇一潜水艦で、水中高速潜水艦の第一号だ。

この伊号第二〇一型潜水艦は現在、二〇二から二〇四までが建造中で、それらが就役したら秀鯨とともに潜水隊を編成することになっていた。

伊号第二〇一潜水艦一隻のみで秀鯨を運用するのは、新機軸満載の潜水艦ゆえに僚艦が揃うまでに運用経験を積んでおくという意味があるらしい。

そのための顔合わせで、杉本艦長は意外な人物と再会した。

「お前が艦長なのか！」

「お前こそ、潜艦長なのか！」

杉本艦長は、伊号第二〇一潜水艦の潜水艦長が水雷学校の同期の立川であることに驚いていた。

二人は海軍兵学校も同期であったが、彼ら世代は八八艦隊計画を実現しようとしていた時期であり、海軍兵学校の定員も大幅に増員されていた。

そのため海兵時代は互いにあまり強い印象はなかった。

二人が親密になったのは海軍水雷学校に入校してからで、そこで彼らは自分たちが海兵同期であることを知ったほどだ。

二人の交友はその後も続いたが、立川が潜水艦に進路を定め、杉本は水上艦艇を選んだことで、会う機会も少なくなっていた。

さらに杉本が海軍航空に転科するに至り、ここ数年は年賀状のやりとりだけに終わっていた。

しかも互いに昇進して責任も重くなり、機密事項に触れることが増えると、仕事に関する近況もなくなり、年賀状でわかるのは住所くらいという状況であった。

それだけに二人にとっての再会は、まったく予想外のものだった。

とはいえ、二人とも部下がおり、公私混同はしない。必要な事務手続きや会議を終え、杉本が秀鯨の応接室に立川を迎えたのは夜だった。

「お前が潜艦長とわかっていたら、ウイスキーの一つでも用意しておくんだったがな」

そう言いながら、杉本は旧友のグラスにビールを注ぐ。訓練準備を互いに進めているため、食料そのほかもまだ万全とは言えなかった。

それでも外洋での訓練は互いに重要なものであった。潜水艦の性能試験や戦術の訓練など、やるべきことは多い。日米関係も悪化している昨今、開戦の可能性は高まっていた。

「すると、寺本造船官は立川の知り合いだったのか」

「そういうことだ」

「それなら、造船官が言っていた戦術運用はお前の発案か」

杉本は、それならすべての辻褄《つじつま》が合うように思った。寺本の運用思想は造船官が考えたとしたら斬新すぎる。

「俺の発案というより、寺本さんとの共同研究だ。じつは、欧州大戦でドイツは群《ぐん》狼《ろう》戦術という新しい潜水艦戦術を採用している」

「詳しいな、さすがに」

「複数の駐在武官からの情報を得ている。枢軸国《すうじくこく》側もあれば連合国側のもある。ただ、潜水艦に対する関心は、どうも彼らは薄い。だから、いろいろとこちらで補強する必要がある。それらの情報から割り出したようなものだ。技術的なことは寺本さんがいる」

「なるほど」

「簡単に言えば、航路を哨戒中の潜水艦が敵船団を発見したら、それを陸上の本部に打電する。本部はほかの潜水艦にその位置や進路を通知する。

それにより潜水艦が敵船団に群がり、数で敵船団を壊滅する。基本的にはこういう流れだ」

杉本は秀鯨の航空兵装のことを考え、すぐにその意味を理解した。

「だから秀鯨は航空機搭載か」

ドイツ空軍のゲーリングは、軍用機はすべて空軍が管理すべきと言う人間だった。だからドイツでは、海軍の軍艦でも艦載機は空軍の人間が軍艦に乗って操縦するということが起きていた。

じっさい、このことが連合国軍には救いになっていたらしい。ドイツ軍機が航空哨戒を行い、連合国の船団を発見すれば、潜水艦を効率的に運用可能となり、それだけイギリスの海上輸送路は危険にさらされる。

しかし、皮肉にもゲーリングはそうした方面にさえ航空機を出そうとはしなかった。

結果的にドイツ海軍は、Ｕボートの視界の範囲内でしか敵船団を捜すことができず、ドイツ潜水艦に襲撃されずにすんだ船団もあったのだ。

「日本は海軍も自前の航空隊を持っている。だから潜水母艦の艦載機で広域を捜索し、敵船団を発見、群狼作戦を展開できる」

ここまで聞いて杉本は疑念を覚えた。

「いまの話は交通破壊戦としては理にかなっていると思うが、艦隊決戦はどうなった？」

それに対して立川は言う。

「軍令部の作戦など絵に描いた餅だ。漸減邀撃《ぜんげんようげき》など現実味は乏《とぼ》しい。そもそも軍令部には潜水艦の専門家などいないではないか。だから実現不可能な作戦を立てる。敵がもっとも警戒するのが我が潜水艦であるとしたら、艦隊戦力を潜水艦で漸減するなど現実的ではない。むしろ潜水艦は、艦隊決戦の最中に乱戦となった状況で用いるべき戦力だ」

「乱戦でか」

「敵艦隊の状況を潜水母艦の偵察機が正確に把握して、それを潜水艦に適切に伝達できるなら、群狼戦術を敵艦隊に仕掛けられる」

「群狼戦術を敵艦隊にだと！」

驚く旧友に立川は言う。

「交通破壊戦だけじゃない。秀鯨は艦隊決戦にも役立つのさ」

第３章　マレー作戦

1

「伊二〇二から敵哨戒機を発見したとの報告がありました」

杉本艦長は通信長からの報告を、すぐ先任将校の小暮飛行長に電話で問い合わせる。

「現在位置からですと、イギリス軍機が我々を発見することはないはずです。最短距離でも水平線のぎりぎりです」

「マレー部隊はどうだ?」

「小沢部隊の現在位置はわかりませんが、計画通りの針路なら、左舷方向に針路を微調整すれば遭遇しないはずです」

「ならば、マレー部隊にも伝達するか」

杉本は電話機を置くと、通信長に転送するよう命じた。

「しかし艦長、潜水艦がどうやって敵機の存在を発見したんでしょうか。伊二〇一型潜は常時潜航しているとうかがいましたが」

潜水母艦の乗員とはいえ、通信長ともなると潜水艦との距離は遠い。つまり、潜水艦運用の現場についてては必ずしも通じていない。

もっとも、通信長としては無線通信に熟達することこそが重要で、通信長はその点では有能な人間だった。通信が難しい潜水艦との通信を確実に行えていることでも、それはわかる。

「あぁ、伊二〇一型潜は航海用潜望鏡が改良されていて、航空偵察も可能なのだ。仰角がほぼ垂直まで対応している」

「そうなんですか……存じませんでした」

「まぁ、これから心にとめてもらえればいい」

乗員が伊号第二〇一型潜水艦について知らないことを、杉本艦長も意外とは思わない。なぜならその潜水艦は、海軍でも大和型戦艦ほどではないとしても、最高機密の一つであるからだ。

潜水艦を束《たば》ねる第七艦隊ではなく連合艦隊司令部直率なのも、それが関係している。もっともそれには、いまだに四隻しかないことも影響しているが。

「意外に敵の哨戒網は手薄だな」

杉本艦長はそう思った。

世界情勢が緊迫化しているいま、イギリスなりアメリカなりの哨戒機は、もう少し頻繁に飛行していると思っていた。

しかし、油断はできない。一〇〇機の偵察機のうち、九九機をやり過ごしたとしても、一機に発見されてしまえば、すべての努力が水泡に帰す。

「長い半日になりそうだな」

2

昭和一六年一二月七日。

潜水母艦秀鯨は、すでに仏印《ふついん》からマレー半島方面に向けて展開していた。

短期終結と思われた日華事変は泥沼化し、それに伴い英米との関係は悪化した。

さらに陸軍中央の反対を無視し、現地部隊が仏印進駐を実行したため、開戦の可能性は著《いちじる》しく高まった。

そうして去年までは可能性に過ぎなかった英米をはじめとする連合国との戦争は、今年に入ると具体的な計画となり始めた。

杉本艦長らもまた、開戦のための配置についていた。いまはまだ戦争は起きていない。仏印沖もマレー半島沖も戦場ではない。

しかし、明日のいま頃にはアジア全域が戦場となっているだろう。

気象予報では、今夜は荒天気味であるという。それは攻めるほうを利するのか、守るほうを利するのか、杉本にもわからない。

自分に言えるのは、任務を果たすことに全力を尽くすこと。それだけだ。

天候が気になるとすれば、それは偵察機の発艦に影響するかどうかだ。

秀鯨の偵察機は、それまでは九五式水偵を陸上機に改造したものが用いられていたが、いまは九九式艦上偵察機、いわゆる九九式艦偵が八機搭載されていた。

九五式は優秀で信頼性も高かったが、航空機技術の進歩もあり、新たに開発されたものだ。

ただ、海軍も艦上偵察機の必要性は認めながらも、どう考えても数の出そうにない機体の新規開発は行わなかった。

この機体は愛知《あいち》時計機械の一二試二座水上偵察機を原型としていた。零式水上偵察機の原型機ともいうべき機体であり、海軍の試験でも画期的な性能であることが認められていた。

一二試二座水偵そのものは採用されなかったが、陸軍の軍偵などの活躍に刺激され、海軍は本機を陸上偵察機に改良したのである。

これは敵艦隊を委任統治領の航空基地から漸減邀撃《ぜんげんようげき》するにあたり、戦術偵察や人員の移動など小回りのきく航空機が必要という認識からだ。

一方で、対潜護衛や交通破壊戦を視野に入れた潜水母艦秀鯨の運用を考えると、低空での奇襲能力の高い九九式艦偵のような機体はうってつけだった。

じっさい浮上中の潜水艦相手では、低空から対潜爆弾を投下できる九九式艦偵の命中率には侮《あなど》れないものがあった。

また演習や訓練の結果として、この機体だけは噴進弾も搭載できた。

七〇ミリクラスの小さなものであるが、敵潜に命中すれば被害甚大であるし、敵潜が潜航しないうちに遠距離から襲撃できる手段を持つ意味は大きかった。

命中率では大砲が勝るのだが、さすがに複座艦載機に大砲は載らない。

秀鯨の側も九五式偵察機の運用経験から、艦載機数を六機から八機に増やすことに成功していた。

ただ艦載機については大きな進歩があったものの、潜水母艦として潜水艦戦力はそれほどでもなかった。

当初、六隻の潜水艦を支援するはずの秀鯨だったが、現在、彼らの第五〇潜水隊は秀鯨のほかには伊号第二〇一から二〇四までの四隻の潜水艦しかなかった。

理由は単純明快で、この伊号第二〇一潜水艦の実用化が思いのほか、難物であったためだ。

新型高性能電池により、完全電動力による水中速力一九ノットの達成は関係者を喜ばせた。また、シュノーケルによる長時間の潜航運動も潜水艦の隠密性のうえで、画期的なものと判断された。

むろん、これらについてはさまざまな問題があったが、原因は予測できたものであり、改善することも想定内だった。

問題は二点あった。一つは潜水艦のディーゼルエンジンである。エンジンそのものは、オーソドックスなものであった。

これは、量産ではディーゼルエンジンの生産が量産の隘路となることから、複雑な構造のエンジンは採用しないことにした。

シュノーケルと新型電池の成功で、伊号第二〇二から二〇四はそうした設計で建造された。しかし、水中高速潜水艦の試作でもある伊号第二〇一潜水艦は排気に酸素を混入し、水中でもディーゼルエンジンを稼働させるという特殊な構造のエンジンを持っていた。

このエンジンの開発が非常に難航した。最終的に白金などの触媒を使用するなどして実用段階には到達したが、戦時量産にはこのディーゼルエンジンは使えないという結論になり、伊号第二〇一潜水艦にしか搭載されていない。

このエンジン問題に関わるのが、問題点その二であった。これは量産型の伊型第二〇二以降の潜水艦に関わる。

水中高速潜水艦を量産するために設計変更を認めない方針をとっていたため、ディーゼルエンジンの変更が簡単には進まなかったのだ。

エンジンの換装自体はそれほど大きな問題ではない。構造が簡単になる分、むしろ量産にはプラスになる。

問題は設計変更を認めなかったのに、寺本造船官が主機の不調を理由に設計変更をしたことだ。

この設計変更を認めないという方針は、民間造船所でも前例がなかっただけに抵抗が強かった。それがこの主機の設計変更問題で再燃した。

この問題は設計変更が争点のように見えたが、本質は別にあった。それは艤装品《ぎそうひん》の規格化や標準化、それに伴う工作精度の厳格化である。

じつは設計変更を認めないことよりも、工作精度の厳格化こそが一部から反発を買っていた。

図面の変更を認めないとは、図面通りの精度でなければならないということで、艤装品もまたその精度を出さねばならない。

それまで日本の工業製品は、一言でいえば肉厚を厚くし、職人がヤスリで削って寸法を合わせるようなことを常態としていた。

部品の専用工作機械が使われるのは大手企業くらいで、ほとんどの工場が汎用《はんよう》工作機械にヤスリがけで部品を製造し、町工場などでは機械もなく職人が手で製作するようなところも少なくない。

まさにそうした点を改善すべく、寺本は西島から学んだことを実践しようとしたのである。

だがそれは、技術力のない町工場などを淘汰《とうた》することでもあり、寺本は口にはしないが、それもやむなしと思っていた。

しかし、淘汰対象となる町工場にしてみれば、いままでヤスリがけで仕上げるような方法でも海軍に納品できたのに、それが駄目というのは納得できない。

これは意外に大きな問題となり、寺本が妥協しないこともあって、結果的に潜水艦の製造期間が延びることにつながった。

寺本の考えを理解し、彼の考えを実践すれば、競争相手に勝てると考える経営者もいた。寺本はそうした精度管理などの考え方を理解できる工場にだけ生産を委託することにした。

結果として、そうでない工場は仕事を失い、新しい考え方を受け入れた工場は仕事が戻ってきたが、そうでない企業は倒産を余儀なくされた。

それはかなりの荒療治で、いまだに寺本を恨《うら》む元工場主もいるという。ただ、この騒動により最初の量産型三隻の建造は遅れたものの、伊号第二〇五以降の生産は順調に進んでいる。

とはいえ、現状、秀鯨が管理するのは四隻だけだった。

「伊二〇一から二〇四まで位置につきました」

通信長の報告は、そのまま艦橋のアクリル板に特殊な色鉛筆で書き込まれていく。詳しいことは杉本艦長にもわからないが、医療用の色鉛筆だという。赤と青があり、非常に柔らかくガラスにも書き込める。

なので、最初はガラス板に書き込むようにしていたが、一度、時化《しけ》の時に割れてしまいケガ人まで出てしまったので、いろいろと検討して丈夫なアクリル板に切り替えた。

設計変更を認めない潜水母艦ではあったが、それは竣工するまでの話で、実戦配備についてからは艦長らの自由裁量に任されていた。

自由裁量といっても、タービンエンジンをディーゼルに換装するわけもなく、できるのは運用側の采配の範囲だ。

このガラス板やアクリル板も竣工時にはなく、艦の工作部に作らせたものである。

アクリル板には、いまマレー半島周辺の地図と潜水艦の配置が描かれ、横には時刻も記載されている。ほかには小沢《おざわ》司令長官指揮下のマレー部隊の計画針路も矢印で表示されていた。

それらは専属の下士官が、時間ごとに古い表示を消して更新していた。

これは、杉本艦長と立川潜水艦長の発案で生まれたものだ。

潜水母艦が傘下の潜水艦に的確な指示を出すためには情報を整理しなければならない。それを行うのが、このアクリル板の役目だ。

こんなものは不要ではないかという意見は、艦内にもないではない。

じっさい不要という意見は、杉本艦長にもわかる。敵味方の位置関係など、艦長が自分の頭の中で計算して把握しているのが普通だからだ。

杉本にせよ立川にせよ、それくらいの芸当はできる。しかし問題は、そんなことではないのだ。

このアクリル板の目的は二つある。一つは、情報を整理することで艦長たる自分の過《あやま》ちを可能なかぎり減らすこと。

そしてそれ以上に重要なのは、いま艦長が何を考えているかを艦橋の将兵に的確に把握させる点にある。

アクリル板に彼我《ひが》の状況が記されるなら、自分たちが何をなすべきかも明確になる。部下が指揮官の采配に意見を述べるにしても、論点を明確にできる。

じっさいこれを用いてからは、当初は批判的だった幹部たちも、アクリル板の効用を認めるようになっていた。

ただ、いまのところ艦橋にこんなものを置いているのは海軍広しといえども、伊二〇一潜とこの潜水母艦秀鯨しかない。


「哨戒線は、ほぼ完了したようですな」

夜になり、飛行長である小暮の配置は主に艦橋となる。夜間飛行は行われないわけではないとしても頻度は低い。

「やはり攻撃するのですか」

そう尋ねる小暮に、杉本はこう返す。

「当然だろう。そのための水中高速潜水艦であり、訓練じゃないか」

「そうですよね」

マレー作戦における潜水艦の兵力部署は、大きく三つに分かれていた。フィリピン方面、マレー半島方面、蘭印《らんいん》方面である。

作戦区分もこれらに対応して以下のようになっていた。

・第一期　開戦からフィリピン攻略部隊主力上陸完了まで
・第二期　第一期作戦後よりマレー攻略部隊主力上陸完了まで
・第三期　第二期作戦後より蘭印攻略作戦完了まで

これは、必ずしも一二三の順番ということではなく、一と二、二と三は時期的に一部が重なっていた。

なので、潜水艦部隊もフィリピン方面とマレー方面の両面に展開しており、蘭印方面はその後となっていた。

潜水母艦秀鯨の部隊は、当初はフィリピン攻略部隊の支援と考えられていた。

しかし、ある状況がそれを変えた。シンガポールに戦艦プリンス・オブ・ウェールズと巡洋戦艦レパルスが入港したためだ。

それらは日本軍の動きを牽制するためと考えられていた。すなわち抑止力を期待したもので、イギリスとしてはこれで戦端を開くつもりはなかっただろう。つまりは外交の一手だ。

のちに明らかになるが、イギリス側の判断はいささか複雑だった。日本軍への抑止力として東洋艦隊派遣をイギリス海軍首脳が決定したのが、昭和一六年一〇月だった。

この時、イギリス海軍当局は、戦艦を中心としたかなり強力な艦隊で対応しようとしていた。

ところが、チャーチルは小規模な高速艦隊を主張する。これは彼がドイツ海軍のように、日本海軍もインド洋を中心にイギリスの海上輸送路を寸断すると考えたためだ。

この時点で、彼は日本がアジア全域に侵攻するような軍事活動をするとは考えていなかった。そんなことをする前に武力を背景とした外交交渉を行うと考えていたのだ。

ヒトラーがヨーロッパでやっていたような、武力で恫喝《どうかつ》して英仏に譲歩を迫るようなやり口を考えていたわけだ。

そういうプロセスがないままに全面侵攻は起こらないはずで、その前提では海上輸送路の攻撃は限定戦争の枠内で事態を収められる余地がある。

したがって、海上輸送路攻撃に備えた戦力を投入すれば、それで日本軍の活動を封じる抑止力になる。海上輸送路防衛なら旧式のR級戦艦より、高速で機動力のある戦艦プリンス・オブ・ウェールズなどの戦艦が有効というわけだ。

チャーチルは当初、空母も高速戦艦に同行させようと考えていたが、空母の故障によりそれは中止となり、高速戦艦のみのシンガポール来港となった。

しかし、すでに日本はアジアの資源地帯に部隊を展開する侵攻計画を立てていた。チャーチルはそれを知らなかった。

ここに、日英の間の大きな状況認識の違いが生じていた。

この認識の違いは、日本海軍の対応でさらに拡大してしまう。それは一一月に、日本海軍は南方部隊に対して金剛《こんごう》と榛名《はるな》の二戦艦を編組したためだ。

イギリス側は単純に抑止力への対抗措置と判断したが、日本側は作戦実行に際してイギリス戦艦に掣肘《せいちゅう》を加える意図で、金剛型の高速戦艦を投入していた。

片方は抑止力と解釈したが、片方は実戦準備であった。ただ日本海軍は、東洋艦隊の戦力をイギリス海軍の当初の計画通り、旧式戦艦と考えていた。

ところが、戦艦プリンス・オブ・ウェールズと巡洋戦艦レパルスがシンガポールに現れたのは一二月二日であり、すでに日本陸海軍は動いていた。

そして、チャーチルがあえてこの戦艦のことを秘密にしていたため、日本海軍にとっては寝耳に水となった。

日本にとって、開戦はすでに既定のこととなっていた。だからマレー半島を攻略するならば、戦艦プリンス・オブ・ウェールズや巡洋戦艦レパルスは必ず現れる。

この二大戦艦が現れることは、上陸部隊を乗せた輸送船団にとって少なくない脅威となる。

二大戦艦により船団が壊滅的な打撃を受けたら陸軍部隊の上陸が遅れ、それだけ敵軍は態勢を立て直すことが可能となり、作戦完了が大幅に遅れるか、最悪、作戦が失敗する可能性さえある。

なにしろマレー作戦は補給が鍵となる作戦だけに、船団への影響は作戦に直接影響するだろう。

第五〇潜水隊は本来、もっとシンガポールの近くに配置の予定だった。シンガポールの海上輸送路を寸断するようなことが期待されていた。

ところが、戦艦プリンス・オブ・ウェールズらのシンガポール入港により、第五〇潜水隊は沖合に移動した。

主力艦攻撃を行うとしたら、この潜水艦は近海よりも水深の深い沖合でこそ真価を発揮できるからだ。そしてそこは、主力艦が機動力を発揮する海でもある。

第五〇潜水隊は連合艦隊直率ではあったが、今次の作戦では小沢司令長官麾下《きか》のマレー部隊に編組されていた。

杉本艦長は、時計の針が一二月七日から八日に変わるのを艦橋の時計で確認する。いまごろマレー半島各地で、日本陸軍が上陸を敢行しているだろう。

しかし杉本らの部隊には、いまのところ特別の命令はない。自分たちも一国の運命を賭けた作戦の部署についてはいるが、激戦とは無縁の位置にいる。


「やはり二戦艦を相手とするのか」

杉本艦長が通信長から報告を受けたのは、八日の午後のことだった。シンガポールの二大戦艦の動向を偵察せよとある。

連合艦隊からの情報によると、戦艦プリンス・オブ・ウェールズと巡洋戦艦レパルスは別行動をとっていたらしい。

一二月二日にシンガポール入りした二隻だが、五日になると巡洋戦艦レパルスだけが、オーストラリアのダーウィンへ向かったというのだ。

オーストラリアに対して安全保障を行うことを示す意味があるらしい。

そして、東洋艦隊司令長官のフィリップス中将はマニラに向かい、米海軍のハート大将と会談していたが、日本軍がタイ方面に部隊を集結させているとの情報から急遽、シンガポールに帰還した。

そして巡洋戦艦レパルスは、おそらくはダーウィンに航行中だったところをシンガポールに引き返していると思われたが、状況が状況なのではっきりしなかった。

さすがに日本海軍としても、侵攻直前にシンガポールを偵察はできない。下手な動きは奇襲の意図を気取られるからだ。

ただし、マレー部隊としては「たぶんレパルスはシンガポールにいる」では困るのだ。確実に所在を確認しなければならない。

そこで小沢司令長官は、潜水母艦秀鯨にシンガポール偵察を命令してきた。現在位置からすれば、シンガポールにもっとも近いのは秀鯨だからだ。少なくとも仏印から陸攻を飛ばすよりも早い。

ただ、近藤《こんどう》司令長官の南方部隊こそ戦艦二隻を有するものの、小沢部隊には巡洋艦と駆逐艦しかない。

撤退はあり得ないとなれば、小沢部隊はZ艦隊の動きいかんでは勝負に出るのではないか。

杉本はシンガポール偵察の意味を、そう解釈した。砲戦では勝負にならないとしても、夜戦での水雷攻撃なら勝機はある。この時間に偵察を命じたのも、そうした意図からだろう。

小暮飛行長は、すぐに九九式艦偵をシンガポールに向かわせた。

4

「現在の針路と速度ですと、シンガポールには夕刻に到着となります」

「よし、わかった」

航法員の計算を聞いて、操縦員でもある機長は時計を見ながら航路を考えた。

シンガポールはイギリス軍が誇る要塞《ようさい》である。対空火器も充実しているだろう。特に軍港は容易に接近できまい。

しかし、接近できないでは話にならない。どうすればシンガポールの軍港を偵察できるか……。

彼が考えた接近方法は、このまま東から接近するのではなく、大きく迂回して西側から接近するというものだ。

西側から接近すれば、夕日を背にしてシンガポールに向かうことができる。発見されずにすむ公算が高いし、仮に発見されるとしても、かなり遅れるに違いない。

それだけ対空火器などの対応が間に合わなくなる。

航法員に日没の正確な時間を計算させ、彼は針路を決める。

秀鯨にそれを報告しなかったのは、この程度は機長の自由裁量であるのと、下手に無線を使って敵に発見されたくなかったためだ。

戦時下ではあったが、シンガポールの周辺には多数の船舶が航行していた。戦時下でも多いのか、戦時下だから多いのか、そのへんのことはわからない。

「戦艦プリンス・オブ・ウェールズにせよ、巡洋戦艦にせよ、三基砲塔の主力艦だ。見間違えるなよ！」

機長は航行員に声をかける。それはある部分までは、自分に対する呼びかけでもあった。

状況的に巡洋戦艦レパルスはシンガポールに停泊していない可能性も残されている。いることの証明は容易だが、いないことの証明は難しい。だからこそ、正確な識別が要求される。

彼が夕陽を背にして接近するのも、たぶんにこのことが関係していた。光線が横から当たることで、シルエットが明瞭になると考えたのである。

海岸からは距離を置き、島の西側にまわってから陸地に急接近する。そうして機長はセレター軍港に接近する。

夕陽を利用するという彼の計画は図に当たったようで、地上の対空火器は沈黙している。しかし、予想外の光景が艦偵の眼下には広がっていた。

「機長、戦艦プリンス・オブ・ウェールズも巡洋戦艦レパルスも、軍港内には見当たりません！」

航行員の言う通りだった。軍港内には旧式の巡洋艦の姿は確認できたが、肝心の主力艦二隻の姿がない。

巡洋戦艦レパルスが停泊していない可能性はすでに織り込み済みではあった。しかし、戦艦プリンス・オブ・ウェールズまで停泊していないというのは、ただごとではない。

「機長、これは……」

「そうだ。Z艦隊は出動している！」

5

「動き出したか……」

小沢司令長官は重巡洋艦鳥海《ちょうかい》の艦上で、潜水母艦秀鯨からの報告を受け取った。

その報告を小沢司令長官は、自分でも意外なほど冷静に受けとめられた。

現下の状況でZ艦隊が何もしないなどということは考えにくい。出撃して当然だ。

問題は、彼らがどこにいるかだ。

小沢にとっての痛恨事は偵察機の針路だった。それは偵察機の責任でも誤りでもないのだが、彼らはシンガポールを大きく迂回し、夕陽を利用して西側から接近した。

これにより、おそらくは東進していたであろうZ艦隊を見逃す結果となった。

もっともこれは、死んだ子の歳を数えるがごとき話であり、結果論でしかない。

直接、東から接近してZ艦隊が発見されるという保証はない。

それに偵察機が撃墜されてしまっては、元も子もないではないか。

それよりも問題は、Z艦隊がいまどこにおり、どこに向かっているかである。

「まだそれほどシンガポールからは離れていないはずだ」

小沢司令長官はそう判断した。

「なぜですか、長官?」

そう尋ねる参謀長に小沢は言う。

「もしＺ艦隊がマレー侵攻と同時に出撃していたならば、我々の船団のいくつかは襲撃されていたはずだ。しかし、そんな報告はない。

その意味では、彼らの出動は遅すぎたとも言える。ただそうなると、友軍の上陸部隊を襲撃するという可能性は消える。

一方で、彼らがインド洋に移動したという線もない。インド洋に向けて西進していたら、偵察機と遭遇していないはずがない」

「するとＺ艦隊は、どこに？」

「そこだ、参謀長。Ｚ艦隊は主力艦が二隻に駆逐艦が三、四隻といういびつな編制の部隊だ。

船団の襲撃という可能性も失《う》せたとなれば、彼らの選択肢は我が艦隊との決戦だ。

しかし事実上、戦艦だけの艦隊では日本艦隊に勝てない。

一方で、フィリピンの米海軍は駆逐艦や巡洋艦はあるが主力艦に欠けている。となれば……」

「米英連合艦隊ですか！」

「いや、オランダやオーストラリアの海軍が、かねてより英米と連絡を取っていたという報告がある。さすがに四ヶ国となると、艦隊としてはほとんど何も決まっていないらしいが、そうした話し合いがあった以上、Z艦隊がマニラに向かう可能性は十分ある」

そう説明しつつも、小沢は状況が決して楽観できないことを強く感じていた。

マレー作戦がどれだけ順調に進んでも、フィリピンの英米連合艦隊が健在なら、マレー半島の陸軍第五軍は補給路を断たれてしまう可能性がある。

それだけでなく、南方に主力艦隊が向かい、真珠湾《しんじゅわん》に空母部隊が向かっているいま、英米の高速艦隊が連合艦隊の虚《きょ》をついて東京を攻撃する可能性も否定できない。

そうなれば、仮にフィリピンやマレー半島を完全占領できたとしても、この戦争は日本の負けだ。

「少なくともZ艦隊は、コタバルより北の線には抜けていない。その前に発見されていたはずだからな。いまは全力で敵艦隊を発見し、それを撃滅することだ」

「近藤長官の南方部隊の金剛、榛名が使えます」

そう言う参謀長に小沢が応じる。

「事は急を要する。近藤部隊との合流などと言っている場合ではない。発見したら我々の水雷戦力で攻撃を仕掛ける」

唖然《あぜん》とする参謀長に小沢は、さらに言う。

「戦艦プリンス・オブ・ウェールズと刺し違えなら、鳥海も本望だろうさ」

6

「艦偵八機すべてをシンガポール沖に展開させる」

　杉本艦長に迷いはなかった。

　小沢司令長官は水上艦艇のマレー部隊はもとより、基地航空隊や潜水艦部隊にも索敵と攻撃を命じていた。

　杉本艦長はそれを、自分たち第五〇潜水隊に対する期待と受け取った。なにしろ、シンガポールにZ艦隊がいないことを報告したのは自分たちなのだ。

「哨戒線の移動は？」

「いや、飛行長、現状でその必要はないだろう。伊二〇一型に偵察させるより、飛行機のほうがよほど効果的だ」

「確かに」

　のちに明らかになること。それは、Z艦隊にはフィリピンの米軍部隊と合流するつもりはなかったということだ。現実は、そこまで合理的に動いてはいなかった。Z艦隊のフィリップス司令長官は錯綜《さくそう》する報告の中で、「コタバル方面に日本軍の船団がいる」という誤報を信じて出撃したのであった。

そして、Z艦隊は日本軍のマレー半島侵攻からすぐには出動していなかった。ヨーロッパからシンガポールに入港したばかりで、補給や整備が十分ではなかったためだ。

ともかく出動するための準備だけでも、それなりの時間がかかる。さらに情報が錯綜し、そのためにどこに向かうかも決まらないという状況だった。

これは単にZ艦隊の問題にとどまらない。フィリップス中将としては、制空権を確保したなかでZ艦隊を動かしたかったが、空軍側がそれに対して明確な回答を寄越さなかったのだ。

日本軍の作戦としては、イギリスの航空戦力を撃破し、飛行場を占領したうえで制空権を確保する方針を立てていた。

そのためイギリス空軍側も日本軍がどこにいるかはもとより、自分たちの戦力がどうなっているかさえ、正確に把握できなかったのである。

結果、空軍の回答は二転三転し、コタバル方面の日本船団を攻撃するために空軍の支援を得られることがわかるまで、無駄に時間を費やしたのであった。

客観的に見れば、情勢はイギリス空軍側が不利なのだが、当事者たちはあまり事態を深刻に捉えていなかった。

日本軍の奇襲により遅れをとったが、日本軍機の性能はイギリス軍機より数段劣るというのが彼らの認識だった。

日本は航空技術をイギリスからも学んでいたから、そうした考えになるのもわからなくはない。しかし、この認識が事態を著しく悪化させる。

危機感を持って戦線を立て直すべきだったのに、イギリス空軍は十分な兵力集中を行わないまま、各個撃破されたのである。

そういう状況でZ艦隊は空軍の支援を約束され、それを信じていた。

そして、コタバルの日本船団は出撃後に誤報とわかる。そのためZ艦隊は北上し、南下するという混乱状態にあった。

それでもフィリップス中将はシンガポールへの帰還を決心する。

空軍の支援は空手形に終わり、敵船団は見えない。ならばシンガポールに籠城し、敵軍の抑止力になるほうがましだろう。

夜である。シンガポールに戻るにはちょうどいい。フィリップス中将はそう考えた。

7

「予想外にてこずったな」

立川潜水艦長は発令所の時計を見ながら、ため息を吐いた。

シンガポールからZ艦隊が消えていたという報告は、伊号第二〇一潜水艦にも届いていた。すぐに哨戒線を移動し、Z艦隊に備えるはずだった。

ところが、ここで伊号第二〇一潜水艦だけに装備された、酸素と排気ガスの混合により水中でも稼働する特殊ディーゼルエンジンが不調に陥《おちい》った。

普通にシュノーケル推進は可能であったが、戦艦プリンス・オブ・ウェールズや巡洋戦艦レパルスとの遭遇を考えたら、特殊ディーゼルエンジンは使えるようにしておきたかった。

これがあればシュノーケルや潜望鏡さえ出すことなく、原速の水上艦艇を長時間追尾できるからだ。だからこそ修理を行ったのだが、それに意外な時間を喰ってしまった。

ディーゼルエンジンの一部部品が破断し、交換部品もないので、よく似た別の部品をヤスリで削って代用品にしたのだ。

工作精度は劣るし耐久性も疑問ではあったが、ともかくいまは動いている。ただし、予定の位置につくのはかなり遅れそうだった。

そして、彼らは推進器音を捕捉した。すでに夜である。

「複数の大型艦が接近中です」

水測員の報告に、立川潜水艦長はすぐ音源の位置を割り出すように命じる。

伊号第二〇一潜水艦は、艦首部に高性能の聴音機を備えていた。円盤状に受音素子が並べられたものだ。

水中抵抗はやや増えるが、ほぼ潜航状態なら造波抵抗は少ないため、ほとんど不利にはならない。それよりも角度分解能の精度向上のほうが重要だ。

「原速での航行なので二軸推進ですが、おそらくは四軸推進の大型軍艦でしょう」

「Ｚ艦隊か」

「おそらく」

それでも立川潜水艦長は慎重だった。

音だけでは断定できない。なにしろ、それがＺ艦隊だったなら、この海域にいるというのは不自然だからだ。

潜望鏡で確認しなければならないので、シュノーケル推進で音源に向かう。

敵部隊には駆逐艦も伴われていたが、彼らの動きは混乱していた。

駆逐艦は潜水艦のディーゼル音を捕捉した。ただ、潜水艦が潜航しながらディーゼルエンジンを作動させることはできないのが常識である。だから、彼らは水上艦艇の接近を疑った。

イギリス海軍の艦艇ではない以上、それは日本軍である。

夜間であるだけに、姿は見つけにくい。戦艦くらい大きければ何かわかるとしても、小艦艇では困難だ。

そして、伊号第二〇一潜水艦はZ艦隊から離れるのではなく、そちらに向かっていた。水上の駆逐艦には何が起きているかがわからない。

状況を複雑にしているのは、戦艦プリンス・オブ・ウェールズや巡洋戦艦レパルスのレーダーが、音がするあたりに何も発見できないことだった。

つまり、目視でも何も見えず、レーダーでも何もいない。ただディーゼルエンジンの音だけが聞こえる。

まず駆逐艦から周辺にサーチライトが向けられるが、船舶は確認できない。さらに星弾まで打ち上げられ、周辺が明るく照らされるが、もちろん水上艦艇の姿はない。

そしてこの時点で、立川潜水艦長はシュノーケルを引き下げ、完全に電池推進で移動していた。

駆逐艦はディーゼル音も捕捉できず、水上にも何もないことで明らかに当惑していた。

立川潜水艦長はこの騒動による星弾で、戦艦プリンス・オブ・ウェールズと巡洋戦艦レパルスの姿がはっきりと浮かび上がるのを見逃さなかった。

立川潜水艦長はZ艦隊の位置を告げるとともに、攻撃を仕掛ける旨を報告する。

さすがに潜水艦一隻で、敵主力艦二隻を撃沈できると考えるほど、立川も楽観はしていない。

いまは潜水艦の存在が確信できないから彼らは翻弄《ほんろう》されているが、雷撃し、敵艦を仕留めたならば、彼らはあやまたずに自分たちを狙うだろう。

伊号第二〇一潜水艦は基準排水量が一〇〇〇トン程度の、伊号潜水艦としてはほかの潜水艦より半分程度の大きさであった。

これは水中高速性能を優先するため、潜水艦の表面積を小さくすることと、巡潜型のような長大な航続力は期待していないためだった。

もっとも、航続力については巡潜型が諸外国に比して長大過ぎるだけであり、伊号第二〇一型の一二ノットで八〇〇〇浬は、ドイツのUボートとほぼ同等の性能だった。

魚雷発射管も艦首四門、艦尾二門なのは水中機動力による接近戦や交通破壊戦を想定しているためで、主兵装として艦首四門で問題ないとの判断である。

また、群狼《ぐんろう》作戦を考えていたことから、個々の潜水艦の発射管がほかの伊号潜水艦と比較して少ないことも問題にはならなかった。

その意味では、現在の状況は設計時に想定していたどの戦い方とも異なる。

敵主力艦との遭遇戦になることは考えられていない。僚艦とともに数を頼んでの雷撃を前提としているのに、いまは単独の雷撃力だけが勝負だ。

むろん、友軍の集結を待つのが良策ではある。

しかし、時間という問題を考えると、ともかく一隻は自分たちが仕留めねばなるまい。水中高速潜水艦の威力を海軍首脳に印象づけるには、この機会は逃せない。

「問題は、どちらを攻撃するかだな」

立川は考える。

気持ちとしては戦艦プリンス・オブ・ウェールズを撃沈したい。そうではあるが、しかし、ここは一回の攻撃で確実に仕留めたい。

そうなると、装甲防御に弱点がある巡洋戦艦レパルスを攻撃することが、より確実な選択肢となるだろう。

「レパルスを攻撃する！」

発令所内では相手が戦艦プリンス・オブ・ウェールズではないことに、やや意外性を覚えながらも、すぐさま迅速に動き出す。レパルスもまた主力艦。そして、それを自分たちが攻撃するというのだ。

立川潜水艦長はアクリル板に目を向ける。

秀鯨にアクリル板の情勢表示盤があったが、伊号第二〇一潜水艦にも同様のものが用意されていた。

このへんは杉本艦長よりも立川潜水艦長のほうが必要性を感じていた。敵駆逐艦の動きを正確に図示できるなら、攻撃も退却も失敗せずにできるだろう。

この時、アクリル板は前後に並ぶ主力艦の左舷側に駆逐艦が集まっていることを表示していた。自分たちが接近したことで、ディーゼルエンジン音に反応したのだろう。

ここは水中高速潜水艦の真価を発揮するチャンスであった。

立川潜水艦長は深度一〇〇まで急速潜航すると、その余勢をかって水中を二〇ノット近い速度で前進し、二隻の主力艦の鼻先を横切るような形で、左舷側に移動する。

水中高速を出すと聴音機の感度は低下するが、それでも主力艦の推進器音を聞き逃すことはない。

二隻は縦陣を組み、先頭が戦艦プリンス・オブ・ウェールズで、巡洋戦艦レパルスはその後方を、約二キロの距離を置いて航行していた。

伊号第二〇一潜水艦は、単縦陣を左舷側に抜けると、そこで反転し、艦首を敵艦隊に向ける。

ディーゼルは作動させずに電池だけで進む。照準を定める段階で、敵に気取られてはならないからだ。

原速で移動するZ艦隊に潜航しながら歩調を合わせ、水中で再び針路を調整し、艦首を標的に向ける。

距離は一〇〇〇メートルで、理想的なポジションだ。瞬間的に潜望鏡を上げ、標的が巡洋戦艦レパルスであることを確認する。

あとは完全に潜航し、聴音機の反応だけを頼りに雷撃を実行する。

四門の魚雷発射管から相互干渉を避けるべく、二秒間隔で酸素魚雷が放たれる。

時計員が命中までの予想時間を計測する間に、伊号第二〇一潜水艦は急速潜航し、深度一〇〇メートルで無音潜航に入る。

命中予想時間に爆発音が二発、聞こえた。雷撃は成功した。

艦内に歓声があがるが、立川はすぐに静粛を命じる。命中したというのは反撃があるということだ。

ただ、数少ない駆逐艦がまったく場違いな領域に集結していたために反撃は鈍い。それに被雷した巡洋戦艦レパルスへの支援も必要だ。

「潜艦長、レパルスから異音が聞こえます」

この状況で異音が聞こえるとは、やや不自然な報告だ。水測員の報告に立川も聴音機のレシーバーをあてる。

「確かに……異音だな」

それはかなり大きな振動音であり、しかもだんだん大きくなる。どうも推進器関連に深刻な損傷があるらしい。

そして、その損傷のためか、巡洋戦艦の速度は急激に落ちていた。

敵駆逐艦はどうやら潜水艦を撃沈するよりも、無事である戦艦プリンス・オブ・ウェールズの警護を優先したらしい。三隻しか駆逐艦がないなら、確かにそちらを優先することになろう。

そこで立川潜水艦長は、潜望鏡深度まで浮上する。深夜ではあるが、巡洋戦艦には火災も起きており、シルエットはわかった。

どうやら雷撃により狙い通りに深刻な浸水が起きて、艦は急激に傾斜している。

「巡洋戦艦とはいえ、魚雷二本でこれとは意外に脆《もろ》いものだな」

立川はそう思った。

じっさいは巡洋戦艦レパルスも、ほかの状況の雷撃二発なら、大破してもかろうじて浮力は維持できていただろう。

伊号第二〇一潜水艦の二発の魚雷は、巡洋戦艦レパルスの艦首部と艦尾部に命中した。艦首部の魚雷も深刻だったが、致命的なのは艦尾部の魚雷だった。

艦尾に命中した魚雷は、まず操舵機を破壊し、巡洋戦艦レパルスは操舵不能に陥った。それだけでなく、この魚雷はスクリューの推進器軸を歪《ゆが》めてしまった。

レパルスの乗員たちは、操舵機が破壊されたことにはすぐ気がつき、応急処置を行おうと奔走《ほんそう》するも、推進器軸の異変には誰も気がつかなかった。

推進器軸が歪んでも機関部は無事であったから、レパルスのテナント艦長は速力を上げるように命じた。

舵はきかないにせよ、敵潜水艦が近くにいる海域にとどまるのは不利との判断からだ。高速で移動しているからには魚雷は当たらない。

ほかの状況なら正しい判断であったが、この時のレパルスに対しては最悪の結果をもたらした。

高速で移動したために四軸すべてが回転し、歪んだ推進器軸は機関部の軸受けの内径を広げることになり、そこから大量の海水が侵入し始めたのだ。

これにより推進器軸のいびつな回転は拡大し、隣接する推進器の減速ギアを破壊する。これが隣接する推進器軸を歪め、機関部から予想外の浸水が拡大する結果となった。

減速ギアの崩壊は、すぐさまタービンの崩壊につながり、高速回転する金属片が機関部に四散した。こうして機関部は浸水と、崩壊したタービンからの高温高圧蒸気の噴出により、手のつけられない状態となった。

それでも反対舷の機関部は、しばらくは無事であったが、それも大浸水が始まるまでだった。

機関部は一瞬にして停止し、水没する。その海水が高温の罐《かま》と接触し、大規模な水蒸気爆発を起こし、艦底部の隔壁を破壊してしまう。

こうして一線を越えてからのレパルスの傾斜は一気に転覆へとつながり、そして巡洋戦艦は沈没する。

レパルスの救助は駆逐艦エレクトラ一隻が行い、ほかの二隻は戦艦プリンス・オブ・ウェールズとともに現場を離れた。

ここで立川はシュノーケル航行に移ると同時に、巡洋戦艦レパルスの撃沈を打電する。

「ワレ戦艦プリンス・オブ・ウェールズヲ追跡セリ」

とりあえず立川潜水艦長は潜水母艦秀鯨に対して、そう打電する。

戦艦プリンス・オブ・ウェールズを攻撃するかどうか、そこまでは彼も考えていない。しかし、護衛駆逐艦二隻の部隊であれば、仮に敵が警戒していても再度の攻撃は可能ではないか？

ただ立川は、いかな水中高速潜水艦とはいえ、一晩で二隻の主力艦を屠《ほふ》ることなどあり得るのか。可能ではないかと思う一方で、それは虫がよすぎるのではないかとも思う。

巡洋戦艦レパルスを沈めてしまったことが、かえって彼に戦艦プリンス・オブ・ウェールズを撃沈するという目的を躊躇《ためら》わせた。

じっさい戦艦プリンス・オブ・ウェールズの追跡は簡単ではなかった。雷撃を警戒してか、彼らは速力を二〇ノット程度にあげて航行していた。

伊号第二〇一潜水艦の性能をもってすれば、それでも追跡は可能であるが、夜間であり、少し油断しただけで引き離される可能性は高い。

ディーゼルエンジンは出力最大で動いていたが、突然、右舷側の主機が異音とともに停止した。

「修理箇所の応急部品が破断しました！」

「なんだと！」

確かに応急修理しかしていないのだから、最大負荷をかければ破断も起きよう。

ただ、戦艦プリンス・オブ・ウェールズとの距離はかなり近い。

「斜進角をもたせて雷撃を行う！」

潜望鏡と聴音機の音だけを頼りに、伊号第二〇一潜水艦は雷撃を実行した。

四本の魚雷が角度を持って放たれる。すぐに敵艦隊との距離は開いていく。

時計員が命中予定時間を告げても爆発音は聞こえない、それが聞こえたのは、予定より数秒後のことだった。

そして、命中魚雷は一本だけだった。

それでも戦艦プリンス・オブ・ウェールズとの距離は急激に開いていく。

命中はしたが、魚雷一本では戦艦プリンス・オブ・ウェールズの航行を阻止するには至らなかったのか。

再度の攻撃を仕掛けようにも、ディーゼルエンジンの故障では追跡さえ不可能だ。

「我　機関故障　追撃断念ス」

立川潜水艦長は苦渋の気持ちでそう打電した。

第4章　航空戦

1

昭和一六年一二月七日。

西島造船官は感慨無量とはこんなものかと、その想いを噛み締めていた。彼がいま立っているのは戦艦大和《やまと》の艦上だった。

細かいことを言えば、彼が乗っているこの巨艦は、まだ戦艦大和ではない。一連の試験を行い、それに合格し、海軍に受領されてはじめて、この巨艦は戦艦大和となる。

それまでこの巨艦は特殊建造物として、呉海軍工廠《こうしょう》の所有物として、会計部長が保管責任を負う。

しかし、建造に関わる幹部造船官の一人として、船殻《せんこく》工場主任の西島はこの特殊建造物が戦艦大和となることを確信していた。

この日は周防灘《すおうなだ》で主砲の発射試験が行われる。二万メートルの発射試験の段着を計測することで、ここまで続いてきた公試は、ほぼ終了する。そうなれば特殊建造物は、名実ともに戦艦大和となる。

もっとも、西島の大和に対する想いは単純ではない。言葉にするのは簡単ではないが、一番近いのは愛憎相半《あいぞうあいなか》ばするであろう。

厄介なのは愛も憎も、同じ事実から派生している点だ。

予兆はあった。それは日米関係の悪化である。

そのことは開戦の可能性が高いことを意味していたし、開戦となれば、戦艦大和の就役が急がれるのも自明であった。

そして、予感は現実のものとなる。進水式が終わり、次の段階に取りかかっている最中に、艦政本部から部員が出張してきた。

「現時点から工事を急いだ場合、竣工時期はどこまで短縮できるか」

それは質問の形をしているが、工期短縮命令にほかならなかった。

この時点で、公試運転は昭和一七年一月下旬が予定されていた。これとて建造が始まった時より計画が前倒しされた結果の予定である。

つまり、命令する側も受ける側も、そんなことは百も承知で、工期短縮を検討するよう言ってきたのだ。

一方的に「半年繰り上げ」などと言わずに、現場の専門家の意見を尊重するだけましとは言える。しかし、それもいいとばかりは言えない。

専門家として「これこれの工期短縮は可能」と言ったからには、工期の遅れは自分たちの責任となる。つまりこの問題には、「失敗したら誰が責任を負うのか」という生臭い話も隠れているのだ。

ともかく緊急に秘密部長会が開かれ、二ヶ月の工期短縮が可能という結論に達し、公試運転は昭和一六年一一月下旬から開始することとなる。

一連の試験が順調に進めば、同年一二月上旬には戦艦大和は海軍に受領されよう。

こうして緊急工事命令が出され、工廠内は残業延長が当たり前となった。

新型戦艦だけに従来戦艦の延長とはいかないことも、作業を難しくしていた。例えば艦内の通信に用いる伝声管は、戦艦長門では一九二本に対して、大和では一四六本と減少したように見える。

これは巨艦すぎて伝声管では確実な通信が難しいという意味もあり、じっさい電話機に関しては、戦艦長門の三八五機に対して、戦艦大和では一〇〇以上多い四九一機が装備されていた。

西島はこうした要求に対して、工程管理をますます緻密化させ、時には二番艦を建造している長崎《ながさき》の三菱《みつびし》造船所にまで仕事を割り振ることをした。

それは神経をすり減らす作業であったとともに、達成感も大きなものであった。ただこの問題の真の敵は、時局ではなく関係者の意識であると西島は再認識していた。

公試試験の最終段階に至るまで、海軍省からの工期前倒し要求は都合四回にも及んだ。それにより戦艦大和は、からくも昭和一六年の就役を可能とすることができた。

ただこの件に関して、海軍中央でなすべき調整作業がちゃんと行われていたのかには、現場としては疑問があった。それは軍令部と海軍省の要求が矛盾していたからだ。

具体的には、海軍省の工期前倒し要求と同時に、軍令部側がかなり執拗《しつよう》に副砲の改良を要求していたのだ。

本来なら、軍令部と海軍省で調整して工期短縮と設計変更の均衡点を現場に降ろすべきなのに、そうしたことは行われず、矛盾はすべて現場の頑張りに丸投げされた。

軍令部の副砲の改良要求とは、副砲の装甲が薄いので被弾時に火薬庫に誘爆して、戦艦大和の弱点になるという主張である。

大和型の副砲は最上型《もがみがた》巡洋艦の主砲を一五センチクラスから二〇センチクラスに換装した際の主砲であり、戦艦の主砲塔と比較すれば装甲は薄い。

ただこれは言いがかりのような意見であった。安全というなら、副砲の装甲も主砲のそれと同じにしなければならない。

それだけ艦の設計には根本的な変更が求められる。重量の差は小艦艇ほどにもなるからだ。当然、竣工時期は大幅に延びる。

そうではなく、いまより少しでも強化しろというのが軍令部の要求だったが、それはじつは意味がない。

戦艦の砲弾に耐えられるだけの厚さがないなら、一センチ、二センチ装甲を増やしたところで重量が重くなるだけで、防御効果は何もない。

そもそも副砲に砲弾が命中し、誘爆して沈むという特殊な状況にばかり目を向けても仕方がないのだ。

もっとも設計側も、副砲について軍令部の要求を無視してはいない。砲塔に被弾しても火災が広がらないように、コーミングアーマーという専用の装甲を施したのである。

ただ一事が万事で、国際情勢が緊迫化して戦艦大和の早急な戦力化が望まれている状況にもかかわらず、軍令部や連合艦隊司令部の意識は旧弊なままであった。

彼らは工期前倒しの状況にもかかわらず、艦橋を中心に細かい改修要求を出していた。それこそ艦橋の広さや帽子をかけるフックの位置にまで要求は及んだ。

常識で考えても、帽子かけのフックがどこにあろうが戦艦の戦闘力にはなんの影響もない。昨日今日戦艦を建造しているわけではなく、基本設計のままでも大きな問題が起こるはずはないのだ。

それでも彼らは改修要求を出した。

せめて軍令部と連合艦隊司令部で意見を集約してくれればいいのだが、両者の関係は山本《やまもと》司令長官がらみで円満とは言いがたいようで、おかげで無駄な労力が生じることとなる。

そこで西島が行ったのは、工場の一角に強引ではあるが、三つに分割した艦橋部の実物大模型を組み上げ、それにより改修要求を受けつけるというものだった。

この方法のメリットは、作業現場に軍令部や連合艦隊の参謀が来なくてすむので作業が中断しないことと、艤装品の位置を図面に起こさず、模型を実測することで作業を効率化できる点にある。

艦橋のみとはいえ、戦艦大和クラスの巨艦では、実物大模型は必ずしも現実的ではなかった。ドックは巨大とはいえ、戦艦建造のためには必要最小限度の大きさであり、無駄な空間と呼べるものはないからだ。

ただ西島は、小艦艇の量産には実物大模型の存在は効果が大きいという手応えを感じていた。実寸計測の手軽さは、図面を変更せずに規格統一するという原則を徹底しやすい。

命令すれば反発も起きようが、具体的に実物大模型が存在し、それをそのまま踏襲すれば苦労がないなら、工員たちも自然に受け入れるだろうからだ。

なによりもこの方法だと、図面を見ただけで立体構造がイメージできる行員でも、昨日今日配属された初心者でも、出来上がった仕事の成果は変わらない。

これは重要だった。つまり、実物大模型さえ用意すれば、経験の浅い造船所や艦船建造の経験がない鉄工所でも工事が可能ということだからだ。

完成品をどうやって造船所まで運ぶかという問題はあるとしても、可能性は少なくない。

そうした可能性はあるにせよ、問題は、その発想を具体化できるかどうか。すべてはそこにかかっており、つまりは人間の意識の問題に帰着する。

造船側の人間として、もうすぐ始まる主砲の発射試験が完了すれば、自分たちの責任は果たせたことになる。だからこそ気になるのは、用兵側の意識だ。

「彼らに戦艦大和は使いこなせるのか？」

そうした疑念だ。

造船に関しては、すでに寺本や熊谷といった新しい考え方の造船官たちが働いている。だが、造船の進歩に対して用兵側はどうなのか？

日本海海戦の頭で新型戦艦を運用しても、その能力の半分も生かせないのではないか？

西島は少なからず、自身の独断も含まれていると自覚しつつも、戦艦大和建造に関わるあれこれから、否定もできなかった。

「主砲斉射試験、準備！」

アナウンスとともに甲板上の人間は、すべて艦内に入る。艦橋から砲撃を観察する技術者や技官もいるが、西島はそうした部署ではないため、艦内の食堂に移動する。

四六センチ砲九門の斉射の衝撃波は尋常ではない。人間は生きていられないとさえ言われていた。

それが、どこまで本当なのかはわからない。ただ新米の造船官時代、研修で戦艦の主砲斉射に立ち会ったことがある。

あの時代の戦艦は超弩級《ちょうどきゅう》戦艦が登場したばかりで、主砲の口径も大和と比較すれば一〇センチ小さい三六センチ砲だ。

砲撃に使われる炸薬の量も半分以下に過ぎない。それでも砲塔近くに整列させられ、斉射の衝撃波を受けた時には、全身を殴られたような衝撃を受けた。

大和の主砲を斉射なら、あの程度ではすむまい。あの時は連装砲塔で、大和型は三連砲塔だ。それだけでも砲火力は五割増しになる。

西島らは食堂に待機していたが、砲塔の製造に関わった主な工員や技術者・造船官は斉射試験に際して砲塔内に移動すると聞いていた。

理由は、事故があったら砲塔内の人間は生きていられないからだ。

図面通りに正しく製作されていたら、死ぬことはない。つまりは技術屋としての覚悟がその斉射で問われることになる。

この命令は砲熕《ほうこう》部長から出ているという。ただし、これは何かの懲罰の類ではない。

なぜなら斉射を前に、砲塔に関しては入念な試験が行われているからだ。砲塔を俯仰《ふぎょう》させる機構、旋回させる機構など、水圧や電力の試験は十分に行われている。したがって、いきなり爆発するようなことはまずあり得ない。

それを承知で、「失敗したら死ぬかもしれない」と関係者を砲塔内に立たせるのは、作る側の責任を教えるためであり、それを示すためなのだろう。

「斉射試験、一分前。各員、配置につけ！」

艦内スピーカーが乗員に告げる。関係のない人間は艦内こそが配置だ。

砲撃そのものは、射撃指揮所から各砲塔にブザーと指示装置で示される。だから艦内の人間たちには、そろそろ砲撃だろうという予測がつく程度だ。

「弾着観測と報告になんだかんだで時間がかかるから、斉射がわかるのは二、三分後ではないか」

西島の周囲ではそんな声も聞こえた。

そう考える理由もわかる。

一〇月下旬に戦艦大和の速度計測を行った時、海上はかなり時化《しけ》ていた。荒天のため通常はエスコートについている駆潜特務艇三隻も避泊するなか、大和だけが悠々と航行を続けていたという。

　駆潜特務艇とは、将来は高速の駆潜艇が必要になるとの趣旨で開発されたものだが、航行性能に問題があるなどもしたために、三隻しか建造されなかったものだ。排水量も二〇〇トンに満たない。

　その意味では、戦艦大和と比較しても意味はないわけだが、それでも小型艦では航行できない海をなんなく進む姿は印象的であったという。

　じっさい荒天が最高に達した時、大和は最大速力で進んでいたために飛び散った飛沫で甲板はきれいに洗われた。だが、それでも悠然と直進を続けていた。

　そうした事実を知っている者にとって、巨艦での斉射試験は気がつかないうちに終わると考えても不思議はない。特に船体関係の人間はそうだろう。

　だが、それは間違いだった。斉射が行われると、食堂に待機していた将兵は一斉に立ち上がった。

　爆音は聞こえなかった。しかし、砲撃による衝撃波は主砲から砲塔を通じて船体を走り、海中に逃げた。艦内の将兵は、はっきりと砲撃の衝撃波を感じたのだ。

「これが……四六センチ砲の威力なのか」

　誰もがその威力に驚嘆した。

全身を突き抜けたこの衝撃波がどれほどのものであるか、大和を建造し、その巨大さを熟知している人間たちには誰でもわかった。

「ばんざーい！」

「ばんざーい！」

食堂内に歓声が響き渡った。そしてほどなく、弾着が計算通りの海域で確認されたとの一報が入る。

「我々は凄い戦艦を作り上げてしまったぞ！」

自分たちがいま歴史を作ったとの想いは、ひとり西島だけのものではなかった。幹部だけでなく、装甲にリベットを打ち込み、あちこちの部門に図面を運び込んだような者までもが、いま自分が何を作り上げたかの感動を覚えていた。

この時、大和の上空には九六式艦攻が偵察任務で飛行していた。斉射の状況を一六ミリフィルムで記録するためだ。

世界最大規模の主砲であり、成功するはずとは思われていたが、万が一の場合に原因究明を行わねばならないとの考えからだ。

結果的にそのフィルムは失敗の原因究明資料ではなく、貴重な記録となった。そして主砲が放たれた時、戦艦大和を中心に同心円状に海面に衝撃波の波紋が広がっていく様子がはっきりと映し出されていた。

公試運転は主砲の斉射成功で、ほぼ終了した。そして、柱島《はしらじま》泊地に戦艦大和は仮泊する。

西島らのような造船官の幹部たちは、最終確認と称して艦内に一泊し、軽く祝宴をあげていた。海軍に受領される前だから、まだ戦艦ではない。工廠の構造物なら自分たちに管理責任があるという屁理屈だ。

「戦艦大和の存在がアメリカの譲歩を引き出して開戦が回避されれば、それこそ本艦が国を救ったことになりますな」

それが造船官たちの本音だった。

アメリカと戦える軍艦を建造することと、それによる戦闘を望むことでは意味が違う。

世界最大の戦艦は抑止力である。それが造船官たちの共通認識だ。技術者として、日米の生産力の違いは誰よりもわかっている。

そして、同時刻である一二月八日未明、すぐ近くの戦艦長門作戦室で、山本五十《いそ》六《ろく》連合艦隊司令長官は「トラ・トラ・トラ　我奇襲ニ成功セリ」との暗号文を受け取っていた。

2

伊号第二〇一潜水艦がZ艦隊を発見し、巡洋戦艦レパルスを撃沈し、戦艦プリンス・オブ・ウェールズにも雷撃を成功させたという報告は、その夜のうちにサイゴンにある日本海軍の航空隊まで届いていた。

すでに飛行場では、陸攻隊が未明の出撃に備えて準備に入っていた。この時、出撃準備に入っていた陸攻は八五機に及んだ。

それらは甲空襲部隊、乙空襲部隊、丁《てい》空襲部隊の三隊に分かれていた。甲空襲部隊は九六式陸攻二六機、乙空襲部隊が同じく九六式陸攻の三三機、そして丁空襲部隊だけは新鋭の一式陸攻二六機で編成されていた。

それらは伊号第二〇一潜水艦の報告を頼りに、マレー半島北方を重点的に捜索した。戦艦プリンス・オブ・ウェールズの最終的な針路が北上中であったためだ。

しかし、陸攻隊の最初の攻撃は大混乱に陥《おちい》ってしまう。それは甲空襲隊の報告から始まった。

「戦艦プリンス・オブ・ウェールズ発見、現在西進中！　シンガポールに向かうものと思われる」

だが、これは巡洋戦艦レパルスの乗員を救助していた駆逐艦エレクトラだった。天候の悪さもあるにせよ、この誤認は搭乗員たちの勇み足以外のなにものでもない。

しかも甲空襲部隊は、天候の悪いことと、駆逐艦を戦艦と誤認したことによる照準設定の誤差のため、水平爆撃の爆弾はすべて外れる結果となった。そして甲空襲部隊の報告から、乙空襲部隊や丁空襲部隊もそちらに反転して向かう。

じつは、シンガポールにもっとも接近していた丁空襲隊が引き返さなかったなら、彼らは戦艦プリンス・オブ・ウェールズと二隻の駆逐艦を発見できるコースにいた。ところが、甲空襲部隊の誤認により彼らは引き返し、遭遇するチャンスを逃したのであった。

ただこの時点では、丁空襲部隊と戦艦プリンス・オブ・ウェールズの距離はまだ離れており、フィリップス中将も日本軍機の活動圏内を自分たちが移動しているという認識はなかった。だから、彼らはシンガポールへの航路を急いだ。

こうして乙空襲部隊は、問題の駆逐艦エレクトラを発見する。ここで彼らは、それが戦艦プリンス・オブ・ウェールズなどではなく、駆逐艦に過ぎないことを知る。

そして、駆逐艦エレクトラは乙空襲部隊の攻撃により撃沈される。ただ、サイゴンからの飛行であり、八五機の陸攻隊はそのまま成果らしい成果をあげないまま帰還を余儀なくされた。

これは小沢司令長官にとって大誤算だった。

伊号第二〇一潜水艦が、巡洋戦艦レパルスを撃沈し、戦艦プリンス・オブ・ウェールズにも手傷を負わせたことで、それを発見し、とどめを刺すことは容易であると思った。

しかし現実はといえば、航空隊はせっかくの機会を生かせず、戦艦プリンス・オブ・ウェールズを見失ってしまった。

驚くべきは、この一二月九日の朝の時点で、潜水母艦秀鯨に対しては、索敵命令が出ていないことだった。

小沢司令長官としては、伊号第二〇一潜水艦の報告を信じるなら、戦艦プリンス・オブ・ウェールズは秀鯨の助けを借りずともサイゴンの航空隊で発見できるという考えがあった。

また、位置的に秀鯨は遠いという認識があったのである。ところが、戦艦プリンス・オブ・ウェールズはそうした思惑とはまったく別の航路を選んでいた。

じつのところ、戦艦プリンス・オブ・ウェールズが北上していたのは、フィリップス中将が潜水艦から逃れるために直進していたに過ぎず、明確な目的地があったからではない。

それでもしばらく北上を続けていたのは、日本陸軍第五軍の侵攻が急激で、陸軍側から日本軍への攻撃要請が出ていたためだ。

しかし、この要請は数時間後に中止される。

現場のイギリス軍部隊が、大発で海上機動した日本軍部隊に挟撃されるなどしたために情報が錯綜《さくそう》し、下手をすれば友軍を砲撃しかねない恐れがあったからだ。

結局、Z艦隊は日本軍を攻撃する以前に、友軍からの不正確な情報に翻弄《ほんろう》されていた。

当人たちがどこに向かえばいいのか確証が抱けないなかで、外国軍である小沢部隊が正確に位置を特定できるはずもなかったのである。

「甲乙丁の三空襲隊が発見していないということは、伊二〇一潜の報告位置より北上はしていないことになるな」

小沢司令長官には戦艦プリンス・オブ・ウェールズの意図が読めない。彼は相手が合理的に動くと考えていた。

そして、その前提で選択肢を絞っていく。

「考えられるのは、シンガポールに戻る、ジャカルタに向かう、さらに南下してオーストラリアに向かうのいずれかだな」

小沢の考えに参謀長以下は驚いた表情を見せる。

シンガポールはわかる。もともとの母港であり、手負いの戦艦プリンス・オブ・ウェールズが修理に向かうのは自然である。

しかし、ジャカルタとはどういうことなのか。あるいはオーストラリアとは。

「ジャカルタで蘭印や豪州《ごうしゅう》艦隊と合流すれば、強力な艦隊となる。戦艦プリンス・オブ・ウェールズの損傷程度にもよるが、作戦に支障がないなら、そこで艦隊を再編することはあり得る。

現時点で戦艦プリンス・オブ・ウェールズの所在が不明ということは、雷撃による損傷は作戦遂行に支障がないということだろう。

多少の不都合があったとしても、いまは修理するより戦う時と判断しているのやもしれん」

「オーストラリアに向かうというのは」

「それもまた可能性だ。ジャカルタよりさらに南下を続けるなら、目的地として意味を持つのはオーストラリアくらいしかない。言い換えれば、南限はオーストラリアまでだろう」

「となれば、シンガポールからジャカルタの間ですか」

「態勢を立て直すとすればな。そうだとすれば、Z艦隊が態勢を立て直す前に仕留めねばならん。時間的余裕はない」

「となると……」

「秀鯨に索敵命令を出せ！」

3

小沢司令長官の命令が届くまで、杉本艦長は状況を楽観していた。

航空隊の無線通信をすべて傍受しているわけではないが、甲空襲部隊が「戦艦プリンス・オブ・ウェールズを発見した」という水上艦艇間の通信は傍受していたからだ。

彼らとは指揮系統が異なるため、陸攻隊の通信までは直接受信していなかったが、たった一隻の水上艦艇に八〇機あまりの陸攻が攻撃を仕掛ければ無事ですむはずがない。

しかも戦艦プリンス・オブ・ウェールズは、伊号第二〇一潜水艦の魚雷を受けている。それだけでもかなり不利であるはずだ。

にもかかわらず、杉本が期待していたような戦艦プリンス・オブ・ウェールズを撃沈したという報告は聞こえてこない。

大戦果だから公式発表が遅れている可能性もあるが、巡洋戦艦レパルスの撃沈はすぐに告知されたから、それも考えにくい。

状況的に航空隊が攻撃に失敗したというのが考えられる説明であるが、杉本艦長としてはあの状況でそれはあるまいと思っていた。

だから、小沢司令長官より「戦艦プリンス・オブ・ウェールズを発見せよ」との命令が届いた時には、なるほど疑念は氷解したが、どうして撃ち漏らしたのかがわからなかった。

「天候の問題ではないでしょうか」

先任将校の小暮は言う。

「スコールもありますし、敵艦も必死なら、スコールの中を移動するようなことをして航空機から逃れることはあり得るかと」

「天候を利用しての逃走劇か……」

杉本には小暮の説は納得できた。逆に、それだけ敵艦が逃げまわるというのは、伊号潜水艦のたった一発の魚雷が思わぬ被害を与えているのか。

「ともかく、艦偵をすべて出撃させる。二段索敵でシンガポール周辺を捜索する」

「艦長、ジャカルタは？」

「まず、シンガポール周辺にいるかいないかをはっきりさせる。いれば見つかるし、いなければジャカルタ方面を固める」

「ですが艦長、ジャカルタまで陸攻は飛べないのでは」

「それは飛行場をマレー半島まで前進させればすむ話だ。それにだ」

「なにか？」

「我々には潜水艦があるではないか！」

4

駆逐艦エレクトラの撃沈についてのあれこれは、フィリップス中将には数少ない明るい話題だった。数十機の日本軍機が襲撃を試みながら、撃沈できたのは駆逐艦一隻。

つまり、日本海軍航空隊の実力とはその程度のものなのだ。よほどのことがないかぎり、日本軍機に戦艦プリンス・オブ・ウェールズは撃沈できない。それは間違いないだろう。

そうなると、懸念は潜水艦だけである。僚艦レパルスは潜水艦に撃沈されてしまったのだ。

フィリップス中将はエレクトラの乗員を救助するため、二隻ある駆逐艦の一隻をそちらに差し向け、駆逐艦一隻だけを伴い、シンガポールに向かった。

とりあえず雷撃による損傷部位を修理し、出動可能な準備を整える。そして米豪蘭の艦隊と合流し、日本軍にあたる。

日本はフィリピンにも攻撃を仕掛けたから、四ヶ国艦隊の編成は可能だ。そうなれば制海権を日本から奪還できよう。

彼は、まだ状況を楽観していた。

対空戦闘を行うには駆逐艦が必要だが、日本海軍航空隊の力量は低いから、戦艦プリンス・オブ・ウェールズの対空火器で十分防衛できるだろう。

潜水艦は脅威だが、現在の速度を維持しているかぎり襲撃されることもないだろう。ともかくシンガポールへの帰還を急ぐことだ。

しかし、艦長は不吉な報告をフィリップスにもたらした。

「燃料タンクに漏出があるようです」

リーチ艦長の表情は暗い。

「シンガポールまでもたないのか」

「いえ長官、燃料の残量は問題ありません。余裕でシンガポールまで航行できます」

「なら何が問題だ？」

「漏出量はせいぜいバケツ一杯という水準ですが、雷撃により微細な亀裂が生じ、燃料が漏れています。そのため我々は油膜の航跡を曳《ひ》いているのです」

艦長によると、燃料の流出は一、二時間前から起きているらしい。小さな歪《ゆが》みが拡大し、ついに亀裂となったのだろう。

「上空から我々の位置を発見するのは容易です」

艦長は暗い表情でフィリップス中将にそう報告するものの、肝心の長官にはそれがさほどの問題とは思えない。

「それは日本軍機が飛んできた場合だろう。日本軍の基地はサイゴンだろう。サイゴンから日本軍機が、ここまで飛んで来られると思うかね」

「ですが、エレクトラは撃沈されました」

「数十機の爆撃機を投入してな。おそらくあれが連中の爆撃機の航続距離の限界だ。ぎりぎりまで軽量化して、やっと航空距離を稼いだのだろう。

そんな連中なら、我々を発見はできないだろうし、奇跡的に発見したとしても何もできまい。旧式駆逐艦にさえ、あれほどてこずった連中だ。

この戦艦プリンス・オブ・ウェールズは不沈艦だ。相手がドイツ空軍というならまだしも、日本の航空隊に本艦が撃沈できるわけがなかろう。

それに忘れるな、世界の海軍で航空機に撃沈された戦艦は一隻もないのだ」

フィリップス中将の説は、日本海軍の空母部隊による真珠湾攻撃により覆《くつがえ》されたのであるが、マレー半島からシンガポールの防衛に忙殺される彼には、そうした事実関係は知らされていなかった。

日本の大本営は真珠湾での戦果を発表しているが、それにしても彼には届いていない。仮に届いていても、彼はプロパガンダと思うだけだっただろう。

「ですが長官、敵を過度に侮《あなど》るのは危険では。じじつ日本軍はマレー半島を破竹の勢いで侵攻しています」

「過度に侮ってなどおらんよ。重油が航跡を曳いていたとしてもだ、問題にはなるまい。考えてもみたまえ、我々がシンガポール以外のどこに行くというのだね」

5

「機長、あれは油膜では！」

潜水母艦秀鯨の艦載機である九九式艦偵は、戦艦プリンス・オブ・ウェールズを捜索すべく出撃するなかで、海面に油膜の航跡を発見した。

「これは戦艦プリンス・オブ・ウェールズじゃないですか！」

航法員は興奮気味だが、機長は慎重だった。

「確かに航跡だな。しかし、連中も馬鹿じゃあるまい。燃料が漏れていれば、それくらいわかるだろう。商船が廃油を流している可能性もある」

そうは言っても、機長もその航跡に不審感を覚えたのは間違いなかった。

マレー半島周辺で戦闘が起きているのに、商船が活動するというのは考えにくいからだ。一方で、漏れた重油が航跡を曳いているのに、何も対処しないというのも迂闊《うかつ》すぎる。

しかし、その問題は艦偵の針路を油膜の航跡に合わせると、ほどなく解決した。

「本当にいたぞ！」

そこには戦艦プリンス・オブ・ウェールズと駆逐艦一隻が航行していた。駆逐艦の数が減っている理由はわからないが、戦艦プリンス・オブ・ウェールズがそこにいることこそ重要だ。

「爆撃の計算はできるか」

機長の問いに航法員は肝《きも》をつぶす。

「爆撃って、我々が持っているのは三〇キロの対潜爆弾だけですよ！」

「それだって爆弾に違いないだろうが！」

確かに艦偵には急降下（正確には緩降下）して敵潜を襲撃するという戦術があった。訓練もされている。

しかし、徹甲爆弾でさえない対潜爆弾で、戦艦プリンス・オブ・ウェールズに傷ひとつつけられないのは明らかだ。

だが、機長は本気らしい。ならば航法員として操縦桿を握る人間には逆らえない。

この時点で戦艦プリンス・オブ・ウェールズのレーダーは艦偵の姿を捉えていたが、対空戦闘準備以外の対応はとらなかったし、とれなかった。

空軍はシンガポールまでの上空支援を約束していたが、いまだに何も飛んでこない。

空軍も日本軍の猛攻により大混乱に陥っていた。なによりも飛行場の占領と日本軍航空隊の移動が迅速で、ほとんどの機体が地上破壊されていたのだ。

そのため、空軍部隊は戦艦プリンス・オブ・ウェールズの支援よりも先に、混乱した航空隊を再編し、戦線を立て直すことに忙殺されていた。

じっさいのところ、この時点で英航空隊は自分たちの可動機の数さえ把握できていなかったのだ。

九九式艦偵の接近に、戦艦プリンス・オブ・ウェールズの対空火器は激しく応戦した……わけではなかった。

むしろ対空火器の応酬は低調とさえ言えた。

小型機が一機接近するだけであり、こんなものは脅威になどならない。自分たちの所在を知られるのは望ましくないが、ここまできたら、いまさら日本軍にできることはない。

そうした考えから、対空火器の反応は艦偵を追い返す程度のものだった。

彼らがもう少し冷静であれば、どうして小型機がこんなところまで飛んできたのか、それに疑問を抱いただろう。

しかし、彼らは日本軍機の性能になどなんら興味を持っておらず、小型機が脅威ではないこと以外には意識が向かなかった。

しかし、艦偵は接近を続けた。この段階でも戦艦プリンス・オブ・ウェールズの側には、ほとんど警戒感がなかった。小型機一機に何ができるというのか。

それでも対空火器は撃たれていたし、攻撃する側は決死の覚悟だった。

機長も三〇キロ対潜爆弾で不沈艦が沈むとは、もちろん考えていない。ただ艦橋を狙えば、うまくすれば敵の艦長やらなにやらを倒すことができて、そうすれば敵艦は中枢を失う。そう考えたのである。

そうして投下された爆弾は、言うまでもなく、そう都合よく艦橋には命中しなかった。

仮に命中したとしても、砲戦を戦う戦艦の艦橋部は装甲に守られ、主砲弾が直撃しないかぎり、たいていの砲弾に耐えられる。

戦艦プリンス・オブ・ウェールズも例外ではない。確かに爆弾は艦橋構造物には命中した。しかし、損傷らしい損傷はない。ただ一つ、レーダーアンテナを除いては。

この時期に戦艦プリンス・オブ・ウェールズに装備されていたのは、波長三メートルの対空・対水上レーダーのタイプ281であった。

これが破壊されたため、戦艦プリンス・オブ・ウェールズは対空も対水上もレーダーを失う格好となった。

だが、艦偵の乗員たちは自分たちのやった仕事の大きさを知らないまま母艦に帰還した。

「レーダーを破壊したのではなく、我々を爆撃しようとして失敗したのではないでしょうか」

リーチ艦長の説は、フィリップス中将にも納得のいくものだった。

日本人がいくら理解できない国民とはいえ、ピンポイントでレーダーアンテナを狙ったりはしないだろう。彼らがレーダーを知っているかどうかも怪しいものだ。

ただ理由はどうであれ、戦艦プリンス・オブ・ウェールズのレーダーは使用不能となった。この事実に変わりはない。

「シンガポールで修理可能か」

「たぶん戦艦プリンス・オブ・ウェールズ一隻くらいなら修理可能だと思いますが。レーダー本体ではなく、アンテナですから」

フィリップス中将がレーダーの故障で気になったのは、いまのことではなく今後のことだった。

今日中にシンガポールに戻ることができるなら、いましばらくはレーダーが使えない不自由も我慢できる。

ただ他国との連携を考えると、旗艦となるであろう戦艦プリンス・オブ・ウェールズのレーダーが使えないのは問題だろう。

戦艦プリンス・オブ・ウェールズは潜水艦が追いつけないであろう速度を維持しつつ、シンガポールに向かう。日本軍機は自分たちを攻撃できないと信じて。

6

サイゴンからの二度目の出撃は甲乙空襲部隊が先行し、それに遅れて丁の空襲部隊が出撃した。理由は一式陸攻と九六式陸攻との速度差である。

同時に出撃しては両者の速度差から、九六式陸攻は一式陸攻に置いてきぼりを食らってしまう。

だから九六式を先行させ、現地でほぼ同時に到着できるようにする。そうすれば、集中した航空攻撃をかけることができる。

杉本艦長も常に戦艦プリンス・オブ・ウェールズの動きを監視できるように順次、艦偵を発進し、戦艦プリンス・オブ・ウェールズの現在位置を掌握できるようにしていた。

雲量が増えたこととレーダーが使用不能であるため、戦艦プリンス・オブ・ウェールズの側は、九九式艦偵に追跡されていることに気がついていなかった。

最初の艦偵があえて爆撃を敢行したため、見張員たちが見ている空が違っていたことも大きい。自分たちの存在を誇示するかのように接近してきた先ほどの艦偵とは異なり、二番機以降は良くも悪くも遠巻きに、戦艦プリンス・オブ・ウェールズの居場所だけを確認していたのだ。

潜水母艦秀鯨と航空隊は指揮系統が異なるため、艦偵の情報は艦偵から秀鯨へ、秀鯨から鳥海へ、鳥海からサイゴンへ、そしてサイゴンから航空隊の陸攻へと伝えられた。

お世辞にも円滑な流れとは言えなかったが、そもそも潜水艦部隊と航空隊である。規則にしたがって情報を流すと、こうしたことになる。

ただ、戦艦プリンス・オブ・ウェールズは明らかにシンガポールに向かって直行しており、さらに油の航跡も残っているため、見失うことなどなかった。

先行する甲乙空襲隊に丁空襲隊が追いつき追い越す。そうして三隊は、ほぼ同時に戦艦プリンス・オブ・ウェールズへと殺到する。

信じがたい錯誤は見張員も戦艦の幹部たちも、この陸攻の集団を友軍部隊と認識していたことだった。

確かにシンガポールには近い。サイゴンの日本軍機が現れると考えるより、マレー半島駐留のイギリス軍機が支援に現れると思うほうが自然だ。

末端の水兵からリーチ艦長やフィリップス中将その人までもが、それをイギリス軍機と信じて疑わなかった。

戦闘機ではなく双発機の集団ではあったが、それもブリストルブレニムだろうと考えた。

そもそも戦艦プリンス・オブ・ウェールズの乗員の誰一人として、日本海軍の陸攻を見たことがなかったのだ。

「何をするつもりだ！」

航空隊が明らかに攻撃態勢を取り始めた時も、彼らはそれが日本軍機であることに半信半疑だった。

信じがたい話だが、日本軍機にそんな性能があるはずがないという思い込みが、戦艦プリンス・オブ・ウェールズの対空戦闘に致命的な遅れを生じさせてしまった。

それでもなお、彼らの対空戦闘にはドイツ軍機を前にした時のような緊張感がない。

たった一隻の駆逐艦を沈めるのに何十機もの爆撃機を投入したという事実と、戦艦プリンス・オブ・ウェールズは不沈艦という信念が、そうした侮りにつながった。

もっとも、戦艦プリンス・オブ・ウェールズが不沈艦という思いは、ひとりイギリス海軍だけのものではない。

Z艦隊出撃の一報を耳にした山本五十六連合艦隊司令長官からして「レパルスは仕留められても、戦艦プリンス・オブ・ウェールズは無理だろう」と漏らしていたほどだ。

最初の対空火器が火を噴いた時には、すでに水平爆撃隊と雷撃隊は攻撃位置についていた。

このことは戦艦プリンス・オブ・ウェールズの対空火器を分散させることとなった。上空の水平爆撃隊と海面から数メートルの超低空を飛行する雷撃隊とでは、射撃指揮も違ってくる。

それでも戦艦プリンス・オブ・ウェールズの対空火器は重厚で、撃墜されたり損傷した陸攻も出る。しかし陸攻隊の数が違う。

多くの陸攻が爆撃を行う。五〇〇キロと二五〇キロの徹甲爆弾が上空から降り注ぎ、総計で八発が命中した。

爆弾は上甲板を貫通し、艦内で爆発する。この爆撃により艦内の電力路が損傷を受け、対空火器のいくつかが使用不能となる。

さらに操舵機構も損傷を受け、戦艦プリンス・オブ・ウェールズは直進し始める。このタイミングで左右両舷から雷撃が敢行された。

二四本の航空魚雷が投下され、三分の一にあたる総計八本が戦艦プリンス・オブ・ウェールズの左右両舷に命中する。どちらも四本ずつである。

不沈艦と言われていた戦艦プリンス・オブ・ウェールズであったが、さすがにこれだけの攻撃を受けて浮かんでいるはずがなかった。

そもそも金属を切ったり張ったりして建造された軍艦が、魚雷や爆弾のような外力に対して無敵であり続けられるはずはないのだ。

致命的なのは魚雷であったが、八本は艦首部に左右両舷から命中したため、艦首部から急激に沈降していった。

これに伴い戦艦プリンス・オブ・ウェールズは、前後方向に大きく傾斜を始めた。隔壁があるため一気に傾きはしなかったが、それでも順番に隔壁が水圧で破壊されると、もはや艦内を移動するのも困難になる。

すでに総員退艦命令は出ていたが、艦内で立つことも困難な状況では、それも簡単ではない。

そして、決断が乗員たちの明暗を分けた。艦が傾いた時点で脱出を決断した乗員たちは助かった。甲板と海面の高さはそれほどないからだ。

しかし、傾斜が一線を越えた時、飛び込むことは不可能になる。

乗員たちは砲塔の陰に集まって落下を避けていたが、ほぼ垂直近い角度（じっさいはまだ四〇度程度だが、主観的には垂直に思えた）のため、彼らのいる場所は海面よりもかなりの高さになってしまう。

そのため飛び降りるに降りられない。だが、そうして決断できない間に状況は、ますます悪化する。

なにより前後方向に傾斜しているといっても、左右方向で水平が維持されているわけではない。隔壁の破壊で艦内での海水移動が起きた時、戦艦プリンス・オブ・ウェールズはねじれるように動き、傾斜が進む。

この動きの反動で、数十名の乗員が砲塔の陰や艦橋構造物の陰から振り落とされた。

そのまま海面に投げ出された乗員は、まだ幸運だったかもしれない。彼らの半数は溺《おぼ》れることなく、友軍のカッターなどに救われたからである。

不幸なのは、そのまま甲板を滑り落ちた乗員たちだった。多くの乗員が甲板上の突起物に衝突し、それだけで負傷した。

そして、その状態で海面に投げ出される。

ほとんどがこの時点で意識がなく、溺死《できし》するものが続出した。なかには艦尾から投げ出され、第一砲塔に激突するという不幸な人間さえいた。

小型艦なら、ここまでの惨劇にはならなかっただろう。しかし、全長二〇〇メートルを超える巨艦ゆえに、損傷時の傾斜が乗員たちの命を奪う結果になってしまったのだ。

戦艦プリンス・オブ・ウェールズは、ほぼ垂直になったと思った次の瞬間、そのまま海中に姿を消した。

Z艦隊はこうして消滅した。一二月九日のことであった。

第5章　戦艦大和の初陣

1

南方の資源地帯に対する日本軍の侵攻は急速に進んでいた。それは日本軍の侵攻作戦計画よりも進んでいて、兵站面《へいたんめん》での組織改編が必要であったほどだ。

幸いにも日本陸軍第五軍は三つの師団の二つまでが自動車化師団であったため、兵站監や輜重兵《しちようへい》連隊などは多忙をきわめたものの、ともかく兵站は十分に機能していた。

じっさい、アジア初の電撃戦とでもいうべきマレー作戦に、日本軍は少なくない機械力を投入していた。これは自動車だけでなく、航空機もそうだった。

例えば日本陸軍が投入した航空兵力は、輸送機などを除いても四五九機に及び、これに海軍の航空機一五八機が加わり、総計は六一七機に及んだ。

対するマレー半島のイギリス軍機はわずかに一五八機であり、日英の航空戦力は約四対一という圧倒的なものであった。

数の優位は兵員にも言えた。

第二五軍の兵力は航空隊などを除き約一七万二〇〇〇と言われていたのに対して、イギリス軍のそれは約八万九〇〇〇であり、日英の地上兵力はおよそ二対一の差があった。

驚くべきことに、連合国側は日本軍がこれだけの戦力を投入してくる可能性をほとんど考えていなかった。ましてアジアの二流工業国が、自分たち以上の機械力を投入してくるなど想定外のことだった。

その意味では、連合国軍は自身の偏見により敗北しているとも言えなくはなかった。

日本軍がボルネオ、スマトラをはじめとする蘭印の油田地帯を占領しようとしていることは明らかだった。

そしてスマトラ、ボルネオ、セレベス、チモールと連なる一連の島々は、マレー半島など連合国軍の勢力圏を防衛するための要《かなめ》であった。

この地域の重要性は子供にもわかるくらい明白であったが、防衛戦略の優先順位は関係国で違っていた。

イギリスにとって重要なのは、シンガポールの防衛と日本軍のインド洋進出の阻止であった。

アメリカとオーストラリアにとっては、日本軍が南西方面に進出することが脅威であり、それを阻止することが優先課題である。

さらに、オランダにとって蘭印は自国の植民地であり、祖国がドイツに占領されている現在では貴重な存在である。

このように日本軍の蘭印方面侵攻が脅威である点では、英米蘭豪の四ヶ国の認識は一致していたものの、具体的な脅威度の判断や守るべき対象については見事なまでに意見がわかれていた。

しかし、マレー半島の日本軍はもはやイギリス軍では対応できず、シンガポール陥落も現実的な問題となりつつある。

こうした情勢の中で、ＡＢＤＡ合同司令部が設置されることになった。

もともとこの四ヶ国の軍関係者は、日本軍と対峙《たいじ》するために戦前から協議を続けていたが、話し合いはほとんど前進していなかった。

ところが現実に開戦となり、日本軍の侵攻が急激に進んでいるとなると、とりあえず日本軍の南進を阻止するための組織としてＡＢＤＡ合同司令部が設置されたのである。

このＡＢＤＡ合同司令部は、昭和一七年一月一五日に発動された。

海軍に関しては、海上部隊指揮官としてアメリカ海軍のトマス・ハート大将がつき、連合攻撃部隊指揮官としてオランダ海軍からカレル・ドールマン少将とイギリス海軍からチャドウィック少将の二名があてられた。

ハート大将が海軍戦力の指揮をとるのは、彼の階級から当然と言えた。艦艇の数だけを言えば駆逐艦が中心ではあるが、米海軍が一番多いのだ。

問題は、次席となる攻撃部隊指揮官二名である。これは海軍力より政治的な配慮が優先された。

想定戦場が蘭印のオランダ植民地であることを考えれば、ここでドールマン少将を外すわけにはいかない。

なぜなら下手な真似をすれば、合衆国が日本軍の侵攻を利用して、蘭印を占領するつもりだなどと言われかねない。

さらに第三国が蘭印の海軍作戦にかこつけて、蘭印地域におけるオランダの主権を侵害するようなことがあってはならない。

その意味で厄介なのは、チャドウィック少将がドールマンと同格についたことだ。マレー沖海戦後、イギリス東洋艦隊はジェームズ・サマービル中将を戦死したフィリップス中将の後任としたが、この時期のイギリス海軍の本音はシンガポールを死守する決意はかわらないものの、インド洋方面の防衛こそ優先すべきとの立場だった。

それだけ戦艦プリンス・オブ・ウェールズと巡洋戦艦レパルスの損失は深刻だったのだ。

なのでイギリス海軍としては、一部の有力艦艇をＡＢＤＡ合同艦隊に派遣し、発言力を確保しつつ、その艦隊戦力で日本軍のインド洋進出を防ぐことを期待したのである。

そのために派遣されたのがチャドウィック少将なのは、中将を派遣してドールマンの上にイギリス海軍将官がつくことは対米関係にはマイナスになるだろうというイギリスなりの判断であった。

とはいえ、イギリス海軍をドールマンの下につけることも難しい事情があった。

理由は、イギリス東洋艦隊が戦艦ウォースパイトと重巡洋艦コンウォールとドーセットシャーの三隻の有力軍艦を、ＡＢＤＡ合同艦隊に派遣してきたからだ。

現有戦力の中で戦艦ウォースパイトは最大の火力を持ち、重巡二隻もＡＢＤＡ合同艦隊にとっては無視できない戦力だった。

現実に、戦艦ウォースパイト抜きで対日戦は戦えないのである。そのためチャドウィック少将も同格となった。

その結果、ＡＢＤＡ合同艦隊はあまり意味はないのだが、ドールマン指揮の戦隊とチャドウィック指揮の戦隊の二つの戦隊から編制されるという形になった。

この流れで、ハート大将は駆逐艦母艦を旗艦とし、二つの戦隊からは距離を置いた。

順当に考えるなら、戦艦ウォースパイトに将旗を掲げるべきなのだが、それではオランダとイギリスの関係を考えるとバランスが悪い。

支援艦である駆逐艦母艦を旗艦とするほうが、通信能力も高いので好都合だろう。

こうしてＡＢＤＡ合同艦隊は、日本軍に備えるためにジャワ島北東岸のスラバヤに部隊を集結させた。

そうした状況のなか、駆逐艦母艦のハート大将のもとに情報が入る。

「ボルネオ北東部のタラカン島に日本軍部隊が集結中」

2

　昭和一六年一二月下旬の時点でフィリピン攻略にも目処《めど》が立ったとして、連合艦隊司令長官山本五十六大将は第二期の兵力部署として第三艦隊を中核とした蘭印部隊を編成した。

　最終的な目標は言うまでもなく、油田地帯の占領にある。その準備作戦として最初に攻略されたのが、ボルネオ島北東にあるタラカン島であった。

　タラカン島には飛行場と油田があり、攻略の足がかりとするには最適の場所であった。

　陸海軍部隊の攻撃により昭和一七年一月一二日には、日本軍は同島を占領することに成功し、すぐに支援部隊が上陸する。

　同日には、セレベス島北部のメナドも日本海軍空挺部隊の働きで占領されている。

　ここからパリクパパン油田の占領が試みられていたが、これはオランダ軍により破壊され、日本軍は奇襲ではなく強襲により、ここを占領することとなった。

　パリクパパン攻略の中心は当初、軽巡那珂《なか》を旗艦とする西村《にしむら》少将の第四水雷戦隊であったが、山本司令長官は新たな戦闘部署を発令した。

「戦艦大和と第五〇潜水隊を編組する」


「よく似てますな」

杉本艦長はタラカン島で、寺本造船官の訪問を受けていた。占領地での敵船舶の調査に訪れていたところ、潜水母艦秀鯨を見かけたのだという。

タラカン島の沖合には戦艦大和の姿があった。さすがに大和が入港できるほどの設備は島にはなかった。

さすがの巨艦も周囲に比較するものがない海上では、どれほど大きいのかがわからない。遠くの戦艦と言われれば、そうだと思うし、近くの駆逐艦と言われれば否定もできない。

誰が流しているのか、タラカン島では「沖合のあの船は三連砲塔の軽巡である」という話が流布《るふ》されていた。

どうも秘密保持の関係で流されているらしい。もともと戦艦大和については口外するなという暗黙の了解があったため、誰もそれがデマであると修正もしなかった。

必ずしもそのためだけではないが、杉本艦長は大和そのものよりも、そのかたわらで燃料補給にあたる輸送船の姿が気になった。

それは戦時標準型油槽船一号という、愛想も何もない船名だった。杉本が気になるのは、その形状が秀鯨によく似ていたからだ。

「まぁ、秀鯨とは姉妹みたいなものです」

秀鯨の上甲板に折りたたみの椅子を並べ、杉本と寺本は沖合の二隻に目を向ける。

「姉妹とは？」

「秀鯨の船体は、戦時期に量産すべき多種多様な船舶の基本形となる船体を採用しています。戦時標準船の船型は、残念ながら行政的な混乱からいまだ解決ができていません。

ですから、この船型は海軍の支援艦船を中心とした基本船型となります。もっとも数が必要とされる輸送艦船は、この船型で発注されます」

「つまり、この船型が事実上の戦時標準船になると」

「まぁ、関係者の面子《めんつ》もあるので、これが戦時標準船に採用されることはないでしょう。いいんです、そんなことは。重要なのは量産効果の高い船舶が必要量確保できることですから」

寺本はそう言って笑うが、杉本はその笑いの裏に、彼の少なくない苦労を読み取っていた。

「じっさいのところ、戦時標準船にとって難しいのは構造にも問題があります」

「構造が複雑とか？」

「いえ、構造が単純だからです。あの油槽船は厳密には秀鯨と同じ船体ではありません。秀鯨の船体が基本形ですが、強度を犠牲にせず延長しているのです。具体的には溶接による船体ブロックの挿入という形で。

　ですから、あの油槽船の排水量も全長も、秀鯨より大きいし長い。同じ計測の仕方をすれば、秀鯨が六〇〇〇トンに対して油槽船は八〇〇〇トンになります」

「ざっと三割は大きいわけですか。しかしそれでは、やはり構造が複雑では？」

「そうでもありません。小さなものを拡大するのは比較的容易なんです。大きなものを小さくするのは難題ですがね」

　杉本は水雷艇友鶴の転覆を思い出す。二等駆逐艦の戦力を水雷艇に積み込もうとした艦艇。あれも大きなものを小さくしたわけだが、結果は転覆という凄惨《せいさん》なものだった。

「原設計の時点で、一万二〇〇〇トン程度まで拡張しても問題がないように作られています。秀鯨は比較的船幅が広いのはそのためです」

「おかげで安定性は良好だがね。拡張すると違うのか？」

「最大長まで拡大すると、幅と長さの比が変わり、かなり細長い艦型となります。幅は四軸推進まで可能なので、巡洋艦や中型空母にも対応できます」

「それで秀鯨は空母的な形状なのか」

「それだけではありませんが。立川潜水艦長からお聞き及びとは思いますが、秀鯨は単なる従来型の潜水母艦を想定していない」

「自分たちが敵船団を攻撃するように、敵もこちらの船団を潜水艦で攻撃するだろう。だからそれに備える船がいる。彼は言っていたな」

「そういうことです。空母より秀鯨型のほうが安価で建造も容易です。こんな船が船団の中にあれば、敵潜の活動にかなりの掣肘《せいちゅう》を加えることが可能でしょう。前方哨戒も前進攻撃も可能になります」

「しかし、本当にこうした船の量産が必要になるのかね。日本は連戦連勝ではないか」

　寺本は杉本ほど楽観的ではないらしい。

「大本営の南方進出の目的が長期持久体制の構築なら、そう簡単にこの戦争は終わりますまい。大本営自身が長期化を口にしているんですから。それに、船舶量産は急がねばなりません。まず油槽船を」

「油槽船を?」

寺本が語った内容は、杉本が予想もしないものだった。

南方進出を前に陸海軍の担当者が、蘭印の油田に関して陸海軍の管理地域の割り振りを決めた。

それ自体は当たり前の話であるが、当たり前でないことが一つあった。陸軍参謀本部も海軍軍令部も、石油技術者を伴っていなかったことだ。

彼らは油田の場所だけは知っていたが、油質はもとより採掘量さえわかっていなかった。

結果として、もっとも石油を消費する海軍よりも陸軍側が大量の油田を管理することになった。

海軍はこれが決まってから、慌《あわ》てて陸軍に再協議を申し入れたが「一度決まったことを、あとから覆《くつがえ》されるようでは海軍との共闘はできない」と、それ自体は「まったくその通り」の返答を受けとっただけだった。

問題は、大量の油田を管理する陸軍には海軍の一割程度しか油槽船がないことだった。つまり、陸軍が蘭印で大量の石油を確保しても、陸軍にはそれを日本に運ぶ輸送手段がないわけだ。

　この問題は軍令部と参謀本部の話し合いにより、「海軍が陸軍に油槽船を提供する」ことで、なんとか妥協が成立した。

　もともと油槽船に関しては、海軍の手持ちだけでは占領地に比して不足であり、大量の油槽船を建造しなければならないという。管理者が陸軍であれ海軍であれ、建造する責任は海軍にある。

「悪い話ばかりじゃありません。油槽船が大量にあるなら、必要に応じて短期間の改造で、中型空母や巡洋艦が量産できますから」

「空母はわかるが、巡洋艦もそう短期間に建造できるのか？　一五センチなり二〇センチ砲塔が必要になるし、それなりに装甲もいるだろう」

「もちろんです。なので建造されるのは丁型巡洋艦になります」

「丁型巡洋艦？　なんだね、それは。一等でも二等でもないのか」

「防空巡洋艦です。巡洋艦の船体に連装高角砲を六基配置します。強《し》いて言えば、二等巡洋艦となりますか」

「防空巡洋艦か……なるほど」

　確かに油槽船の船体に二〇センチ砲塔を載せて重巡にするようなことを考えたら、

軽巡で六基の高角砲というのは妥当な判断だろう。

「これが実用化すれば艦隊防空は、より鉄壁になるでしょう」

構想時期を考えれば、丁型巡洋艦というのは船体の共通化の利点をあげるために考えられた、選択肢の一つだったのではないか。杉本はそう思った。

兵器としての有用性は二の次で、彼らの本丸は船体の標準化にあったのだ。

ただ結果において、彼らが丁型巡洋艦を考えていたことは、海軍にとって幸いだっただろう。

二ヶ月前まで世界の海軍は、戦艦を航空機で撃沈できるなどということを信じていなかった。だが、それが可能であることを日本海軍は証明した。

艦隊防空の重要性はそれにより一気に高まったが、有効な対応策を持っている国は少ないだろう。

丁型巡洋艦はそうした中での数少ない試みだ。これがあるだけで、日本は諸外国より一歩先んじることができる。

「丁型巡洋艦は建造されているのか」

「一隻だけ油槽船から改造中です。舞鶴海軍工廠《こうしょう》で熊谷くんが頑張ってます」

「若い連中が頑張っているわけか」

実力があれば大きな仕事を任される。平時の日本ではまずなかったことが、戦時のいま起きている。

これも戦争の効用なのかもしれない。だがと、杉本は思う。

「本来は、平時からそうあるべきなのだがな」

3

高柳《たかやなぎ》艦長にとって今回のパリクパパン攻略は、ほぼ慣熟訓練という認識だった。

連合国海軍の水上部隊は戦艦プリンス・オブ・ウェールズと巡洋戦艦レパルスが撃沈されてからは、若干の巡洋艦がある程度で、戦艦大和の脅威となるような軍艦はない。

さすがにインドまで行けばイギリス東洋艦隊の戦艦群があるわけだが、当面そうした計画はない。

というよりも、真珠湾奇襲で米太平洋艦隊の戦艦群が壊滅的な打撃を受けたいま、この方面の敵戦力は著《いちじる》しく弱体化している。

東洋艦隊になんらかの動きがあるとの情報もあるが、詳細は不明だ。しかし軍令部の分析は、彼らの関心事はインド洋の確保であり、いまは守勢であるという。

その分析には高柳艦長も納得している。

もっとも、高柳艦長も現状の軍令部の判断に全幅の信頼を置いているわけではない。理由の一つは今回の作戦参加にある。

第一段作戦の早期完遂を促すため、および慣熟訓練のための大和出撃。それは確かに筋が通っているように見える。

だが高柳艦長には、軍令部が戦艦大和の運用について方向性を見失っている可能性を感じていた。

それはわからないでもない。そもそも抑止力としての戦艦大和であり、艦隊決戦以外の戦場は想定されていない。

しかも戦艦プリンス・オブ・ウェールズや巡洋戦艦レパルスは潜水艦と航空機により失われ、真珠湾の戦艦群も空母艦載機に仕留められた。

戦艦を倒せるのは戦艦という前提の戦艦大和であったが、その前提を日本海軍自身が覆してしまった。航空機で戦艦が撃沈できるというだけなら、まだいい。問題は、少なくとも数年は大和と砲戦を演じるような主力艦が現れそうにないことだ。

しかも、現れたとしても大和より先に航空機がそれを仕留めることになるだろう。

つまり、巨額の国費を費やしたこの世界最強の戦艦は、就役と同時に戦うべき相手を失ったのだ。

それでも戦争は続いている。軍令部には短期決戦の声もないではない。しかし、連合艦隊司令部では、少なくとも二年、三年は続くと考えられている。

そうであるならば、この戦争で戦艦大和をいかに有効に活用するかが重要な問題となろう。パリクパパンの作戦に大和が投入されるのも、軍令部の試行錯誤の一環であろう。

それが高柳艦長の認識だった。

「本艦の主たる任務は敵陣に砲撃を加え、それを粉砕することにある！」

高柳艦長は戦闘幹部に告げる。

本来なら西村司令官よりなされるべきなのだろうが、それもまた酷《こく》であろう。西村少将とて大和の編組は聞かされたばかりであろうから。

「火力支援は海軍陸戦隊の要請に基づき行われる。したがって、通信科は陸戦隊との無線通信に確実を期してもらいたい。

作戦の可否は、一にも二にも確実な通信が可能かどうかにかかっている！」

高柳艦長はそう言いつつも、不思議な気分を味わっていた。

戦艦大和の新たな運用法を考えるうえで、砲術科ではなく通信科の重要性が高まっている。それは決して間違っているわけではない。論理的に考えるなら、それが正しいことは明らかだ。

しかし、それでも世界最大の主砲を持った戦艦で、重要なのは裏方である通信科というのは、やはり不思議な気がするのだ。

もっともそれは、砲術科の重要性が低下したこととは違う。いまの状況で考えるなら、通信科は照準器の一部と考えられるからだ。

パリクパパンの攻略は油田の占領が目的だ。敵が一部を破壊したにせよ、できるだけ無傷で手に入れねば意味がない。

したがって敵陣地を粉砕するとしても、精製施設などを破壊するわけにはいかない。つまり、砲撃には外科手術のような精密さが要求される。

それを実現するのが弾着観測を行う陸戦隊であり、その陸戦隊との確実な無線通信なしでは、精密射撃も期待できない。

じつを言えば、この点では高柳艦長にも迷いがある。四六センチ砲の射撃を行いたいのはやまやまだが、油田の重要性を鑑《かんが》みれば、ここは副砲で攻撃すべきではないかという迷いだ。

大和副砲の一五センチ砲は、威力では四六センチ砲に及ばないが優秀な火砲と言われていた。命中精度も高い。精密砲撃が必要ならば、ここはあえて一五センチ砲を用いるのもありだろう。

結局は、そうした判断も実戦次第となるだろう。

「やはり実戦こそ最良の教師なのか」

4

西村部隊は、潜水母艦秀鯨と第九駆逐隊の朝雲《あさぐも》、峯雲《みねぐも》、夏雲《なつぐも》の三隻の駆逐艦による前衛部隊、那珂を中心とする本隊、そして大和を中心とする護衛隊の三隊に分かれていた。

西村少将がそうした采配をしたのは、端的に言って、この作戦に戦艦の出番などないと考えていたからだ。これは彼が特別ひねくれていたわけではなく、海軍軍人としての常識的な見解だ。

軍令部などが戦艦大和の運用について試行錯誤しているのはわかっているが、西村司令官にとっては作戦の成功こそ優先される。

戦艦大和は海軍にとって重要な存在だが、戦争の目的を考えるなら、油田占領より大和の慣熟訓練が重要なはずもない。

そして、西村司令官は前衛部隊に対して偵察機の発進を命じた。

この点で秀鯨の存在はありがたい。あくまでもこの作戦の遂行という点だけで言えば、戦艦大和より潜水母艦秀鯨のほうが役に立つ。

できるなら那珂から水偵を飛ばしたいところだが、いわゆる五五〇〇トン型軽巡の艦載機は一機だけだ。飛行機がないより一機でもあるほうが望ましいのは事実であるが、戦術運用の柔軟性はかなり低い。

そこにいくと、秀鯨には艦載機が八機以上ある。これはかなり強力だ。

「敵は、どう出てくるでしょう？」

先任参謀はそのことに確信を抱けないようだった。しかし、西村は違っていた。

「敵の戦力は巡洋艦と駆逐艦しかない。制空権はほぼ我々にある。この状況で敵がパリクパパンを防衛しようとするなら、護衛艦隊は避けて船団だけをゲリラ的に襲撃するだろう。一撃離脱だ。

それなら敵は島嶼《とうしょ》か何かに隠れ、奇襲をかけるしかない。敵の選択肢は多くない」

「なるほど」

「艦偵八機が入念な偵察を行えば、隠れている敵艦隊を発見できよう。そこを叩けば任務完了だ」

秀鯨搭載の艦偵は定数八機であったが、補用機の追加もあり、現在この作戦のために一二機が搭載されていた。

さすがに一二機すべてを格納庫には収容できないため、四機は飛行甲板に並べていた。

搭乗員は増えていたが、整備員は機付き整備員が増えただけで、さほどの増員はなされていないので整備科は大忙しだった。正直、一部の作業については機関科の応援も得ていたほどだ。

このへんの事情は杉本艦長も寺本から聞いてはいた。標準船型から中型空母を建造するにあたって、航空機運用の経験を蓄積しておきたいということがあるらしい。

秀鯨での運用経験から、中型空母のために必要なあれこれを、いまのうちから設計に織り込みたいというのだ。

丁型巡洋艦は建造中だが、それに伴い中型空母も建造（あるいは改造か）に着手されているという。両者を合わせて、使いやすい手頃な規模の高速艦隊を編成する計画が軍令部の一部にもあるという。

　そうした話と自分たちの現状はつながっているわけである。それだけに偵察命令が出た時点で、杉本艦長は小暮飛行長とともに索敵について考える。

「二段索敵が最善でしょう」

　小暮飛行長は即答した。

「偵察機は十分な数があります。二段索敵が可能です」

「それなら二段索敵でいくか。ところで飛行長、実際のところ秀鯨で何機の航空機を運用可能だと思う?」

　それは例の中型空母の構想を踏まえた質問だったが、小暮の返答は杉本艦長のそれとは違っていた。

「それは作戦期間によるでしょう」

「どういう意味だ?」

「一日や二日という短期間なら、二〇機程度は運用可能です。しかし長期間となれば、定数通りの八機までです。整備員の負担を考えねばなりません。そこは空母とは違います」

「なるほどな。ありがとう」

言われてみれば単純な話である。

秀鯨の形状から、どうしても空母的な運用を考えてしまいがちだが、本来の任務は潜水母艦だ。

したがって、背伸びをして空母の真似をしてもろくなことにはなるまい。単純な話である。しかし、その単純な話こそ、ついつい忘れてしまうのだ。

「さて、では我々の仕事をしようじゃないか」

九九式艦偵は安定して飛行していた。ある意味で特徴のない平凡な機体であったが信頼性は高く、整備性もよく、扱いやすい機体であった。

「敵が潜んでいるとしたら島陰だ。そのへんを注意しろ」

機長は航法員に指示を出す。

「しかし、本当に島陰に潜んでいるんですかね」

「どうしてだ」

「だって、島陰は水深が浅いじゃないですか。そんなところに艦艇は停泊できないんじゃ？　座礁しませんか」

「座礁か……確かにな」

言われてみれば確かにそうだ。どうして、いままで誰も気がつかなかったのか不思議なくらいだ。

もっとも、この海域の精密な海図までは彼らも持っていないから、航法員の意見もこの場では仮説にすぎない。

実際問題として、機長もこの作戦が入念な準備なのか、泥縄なのかよくわからない。戦闘序列などは緻密なのだが、戦闘予定地の地図や海図はほぼ整備されていないのだ。

聞いた話では、占領地行政を行うための行政官も足りないため、大学から研究員を呼んで実務を委《ゆだ》ねるという話さえあるらしい。

そうしたことを考えるなら、島嶼の陰を探すように指示してきたのも、敵の存在を疑ったのは当然としても、海図の不備を補う意味もあったのかもしれない。艦艇が潜んでいない場所は近寄るべきではないというわけだ。

じっさい、それは島嶼の陰などにはいなかった。堂々と外洋を航行している。

「あれは戦艦じゃないか！　イギリス海軍の戦艦だ！」

5

チャドウィック少将はレーダーが航空機の接近を捉えたという報告に、それが単機であることから偵察であろうと判断した。

「攻撃する必要はない」

彼は参謀らの意見とは異なり、偵察機への攻撃も命じなければ退避命令も出さず、そのまま艦隊に前進を命じていた。

ＡＢＤＡ合同艦隊は、一つの陣形を組むならそれなりに強力だったが、現実には二つのアンバランスな戦隊がそれぞれに航行していた。

チャドウィック戦隊は戦艦ウォースパイトを筆頭に、重巡二隻に駆逐艦三隻の計六隻。ドールマン戦隊は巡洋艦二隻に駆逐艦四隻の計六隻だった。

二つの戦隊は独立した対等な存在であったが、戦闘部署に近づくにしたがい、だんだんと力関係が明らかになっていた。

ドールマンよりチャドウィックのほうが主導権を握り始めたのである。

まずオランダ側の旗艦であるデ・ロイテルは、新鋭巡洋艦ではあるがやはり軽巡に過ぎない。対するチャドウィック戦隊は、旗艦がウォースパイトという戦艦である。この差は決して小さくない。

そして決定的だったのは、戦艦ウォースパイトだけがレーダーを装備していたことだ。

デ・ロイテルにはそうしたレーダーはなく、日本軍機の動向を探るという局面では、これが決定打となった。

それでも、現状では二つの戦隊は別々に移動していたが、レーダー情報を握っている点でイギリス側の優位は動かない。

じっさい、ドールマン少将は偵察機が目の前に現れるまで、その存在にさえ気がつかなかったほどだ。それは、チャドウィック少将がドールマンに伝えなかっためなのは言うまでもない。

「撃墜しなければ、偵察機は我々を発見するのでは？」

そう懸念する幕僚は何人もいたが、チャドウィック少将の考えは違った。

「発見させればいいではないか」

「発見させればいい！　どういうことです？」

「敵軍に戦艦はないのだろう。ならば戦艦の存在を知らせるならば、敵は撤退するではないか。

退却して捲土重来《けんどちょうらい》、戦艦も加えて再攻撃を試みるかもしれん。だがそうなれば、日本軍は時間という貴重な資源を失うことになる。

重要なのは艦隊戦ではない。パリクパパンの防衛なのだよ」

「戦艦ウォースパイトか」

高柳艦長は秀鯨からの報告に、驚くと同時に運命的なものを感じていた。

戦艦大和の慣熟訓練にやってきた自分たちの前に、敵戦艦が現れる。これを撃破すれば、イギリス東洋艦隊はもとより、連合国軍艦隊も当面活動できないだろう。

つまり、この海戦で勝利することは、敵に対して大和の脅威を知らしめることになり、彼らの活動を抑制するだろう。それはつまり、戦艦大和が抑止力になり得るということだ。

「我、イギリス戦艦撃破の用意あり」

高柳艦長は西村司令官に出撃命令を乞《こ》うた。西村司令官はそれを了解した。

こうして前衛部隊と戦艦大和を含む護衛隊は合流し、西村司令官の本隊が船団護衛の担当となった。

具体的には戦艦大和、潜水母艦秀鯨、第九駆逐隊（朝潮型《あさしおがた》三隻）、第二駆逐隊（白露型《しらつゆ》四隻）の九隻であった。

6

日英の戦艦が互いに退かずに戦おうとしていた頃、この海戦に重大な影響を及ぼす戦闘が進行していた。

「なんでしょうか、潜艦長？」

潜望鏡を覗き終えた先任将校が問う。

伊号第二〇一潜水艦の立川潜水艦長は数秒だけ潜望鏡を出し、その姿を確認する。

そして、艦艇識別の資料にあたる。

彼らはパリクパパン攻略の支援作戦として、スラバヤ方面の偵察を命じられていた。そこが連合国海軍の拠点と考えられていたためだ。

じじつ、彼らは不審な大型艦と遭遇することになった。

「米海軍の駆逐艦母艦だ」

「駆逐艦母艦ですか……」

水雷長でもある先任将校は明らかに落胆していた。もっと大物だと思ったのだが、支援艦船というのは期待はずれだったのだろう。

しかし立川は違った。

「駆逐艦母艦だが、将旗を掲げている。あれはなにがしかの部隊の旗艦だ。攻撃する価値は十分にある」

先任は将旗にまで気がまわらなかったのか、立川の指摘に驚く。

「しかし潜艦長、米軍にも重巡ヒューストンのように旗艦にふさわしい軍艦はほかにもあります。どうして駆逐艦母艦なのでしょうか」

「それはわからん。確かに先任の指摘どおり、敵の状況は不自然だ。それだけ敵の攻撃目標としての価値は高いのではないか」

とはいえ、立川潜水艦長にも重巡ではなく駆逐艦母艦を旗艦にする理由は思いつかない。

ただ、通常で起こり得ない何かが起きている。それは間違いないようだ。

秀鯨には事後の報告でいいだろうと考え、彼は攻撃に専念する。当然といえば当然なのか、周囲に重巡の姿はなく駆逐艦の数も少ない。

米艦隊はどこかに向かっており、スラバヤ付近でこの駆逐艦母艦が指揮をとっているという構図らしい。

「あの母艦を攻撃するぞ」

立川潜水艦長の命令に艦内は整然と動き出す。シュノーケルは収納され、すべて電動で動き出す。

駆逐艦は伊号第二〇一潜水艦の推進器官を一度は察知したらしいが、水中を二〇ノット近い速度で移動するため、何度も取り逃がしていた。

何度も取り逃がすとは、何度も再発見できるということであり、立川としてはあまり面白い状況ではない。

「推進器官を小さくする工夫が必要だ」

彼は日誌にこのことを記載する。どうすれば静かになるかはわからないが、解決しないと今後の潜水艦戦に影響する。

しかし、敵駆逐艦は水中を高速で移動する潜水艦の存在など想定していないため、混乱していることは明らかだった。

立川潜水艦長は、相手の予想針路から最適の射点に出ると、そこで完全に無音潜航で相手の接近を待った。

ここで駆逐艦は判断を誤った。何を誤認したのか、爆雷を投下し始めたのである。

それも明後日の方向にだ。

そのため海水は擾乱《じょうらん》され、水中音響はほぼ聞こえなくなってしまう。そして、駆逐艦母艦は駆逐艦が敵潜を追い詰めていると考えたのか、針路を変えようともしない。

もっともこの海域のことを考えれば、不用意なジグザグ航行は座礁する危険があった。それは水中探信儀で少しばかり探査した立川潜水艦長にもわかっていた。航路帯以外の移動は潜水艦にもかなり危険だった。

この襲撃は、じつはかなり狭い領域での戦闘でもあった。ただ蘭印方面の海図は米海軍も万全とは言いがたく、それが喫水の深い駆逐艦母艦と喫水の浅い駆逐艦で行動の違いとなっているらしい。

標的艦の動きはわかっていた。だから、立川は水中音響だけで雷撃を行うことに決めた。

「斜進角は二度に設定せよ」

魚雷には角度をもたせ、四本を発射する。立川の計算では二本は命中するはずだ。

四本の魚雷を放ったら、伊号潜水艦はすぐにその場を離れる。

そして予定時間となり、爆発音が聞こえる。数は二つ。計算通りだ。

「敵駆逐艦、接近中！」

聴音員が叫ぶ。

「最大戦速！」

立川の命令とともに、伊号第二〇一潜水艦は急激に現場水域から離れていく。そして潜望鏡深度にまで浮上すると、短時間だけ海上を確認する。

駆逐艦母艦は当たりどころが悪かったのか、二発の魚雷によりすでに傾斜していた。火災も起きているようで、全体が炎と煙に包まれている。

「また一隻沈めたな」

それでも立川潜水艦長は、それほどの感動は覚えない。確かに敵の大型艦艇を沈めはしたが、支援艦艇であり、武装もないに等しいからには大戦果とは言いがたい。

それよりも重巡ヒューストンあたりでも沈めることができたなら、敵艦隊に対してかなりのダメージになっただろう。そうならなかったことが、立川には残念だった。

「まぁ、交通破壊戦の演習程度にはなっただろう」

立川潜水艦長はそう思った。

7

立川潜水艦長にとって駆逐艦母艦の撃沈とは、何かの旗艦を沈めた程度の認識だった。しかし、その駆逐艦母艦はハート大将が指揮をとる移動司令部でもあった。それが雷撃されたことで、ＡＢＤＡ合同艦隊は指揮機能を失った。幸いにもハート大将は健在であったが、旗艦を失った場合の通信連絡手順までは整備されていなかった。

陸上の通信施設は日本軍が優先的に破壊したため、関係国の政府機関から直接状況を連絡するという恐ろしく手間のかかる手段を用いるしかなかった。

馬鹿げているように思えるが、「どの通信が正しい系統の通信か」という問題を解決できなければ、命令を出すことも受けることもできない。

根本的には、指揮権の継承順位と非常時の通信手段を明確にしていなかったことが原因だが、それがために海底ケーブル経由で地球を半周するようなやりとりが必要だった。

もっとも、このことをハート大将の怠慢とするのは酷な面もあるだろう。

オランダの植民地防衛に関してイギリスとオランダで優劣をつけるというのは、そんな簡単な問題ではないのだ。ハート大将はあえてこの面倒な問題を回避するため、万が一の指揮権の問題を先送りしていたのだから。

結果的にチャドウィックもドールマンも、ハート大将が旗艦を失ったことを知らなかった。

じつは連合国側は現地の間諜《かんちょう》により、戦艦大和の存在を知るチャンスがあった。漁民に化けた間諜が「巡洋艦より大きな軍艦」の存在を報告しようとしていたのだ。

雷撃騒ぎがなく、この報告を受けてハート大将が偵察機を飛ばしていれば、ＡＢＤＡ合同艦隊は戦艦大和の存在を知ることができただろう。

そうであったなら、その後の戦局も、あるいは違ったものになったかもしれない。しかし、そうはならなかった。

日米の戦艦は確実に距離を縮めていく。

第6章　パリクパパン海戦

1

伊号第二〇一潜水艦が米海軍の駆逐艦母艦と思われる船舶を撃沈したとの報告を受けたときの杉本艦長の感想は、それほど大きなものではなかった。

だが何か気になり、再び報告を読み直すと、その駆逐艦母艦は将旗を掲げていたという。米海軍の将官が駆逐艦母艦に乗っていたことになる。

ＡＢＤＡ合同艦隊の複雑な事情を杉本艦長が理解しているはずもなかったが、それでも彼は違和感を覚えた。

「敵艦隊の重巡には、敵の将官は乗っていないのか」

そうした観点で考えると、杉本艦長は自分が感じた違和感の理由が見えた。指揮官が前線に立たず、後方の安全な場所にいると解釈できるからだ。

ただ、それを卑怯とも杉本は感じなかった。そうではなく、敵軍には敵軍なりの作戦があるのではないかと考えたのだ。そして彼は気がついた。

「この作戦、もしや連合国側の罠《わな》なのか」

そうであったとして伊号第二〇一潜水艦の戦果は、自分らにとって吉なのかそれとも凶なのか？

そこまでは彼にもわからなかった。

2

「ハート大将に連絡がとれません」

通信参謀がドールマン少将に報告し、呼びかけを継続するか尋ねたが、ドールマン少将はその必要はないと答えた。

「何かあれば、向こうから言ってくるだろう」

ドールマン少将はそう表面的には鷹揚《おうよう》な態度で臨んだが、内心では憤《いきどお》りを覚えていた。

それはＡＢＤＡ合同司令部の立ち上げ前から感じていたことだ。アメリカもアジアにフィリピンを植民地として持っていたが、彼らはそれを独立させることを既定としてさまざまな施策を行っていた。

それは別にアメリカの問題だからかまわない。問題はアメリカがイギリス、フランス、オランダのアジア植民地の保有に批判的なことだった。

ＡＢＤＡ合同艦隊がなかなか立ち上がらなかったのも、背景には植民地の保有をめぐるアメリカとそのほかの国の対立があった。

アメリカとしては日本に対抗する海軍力への支援と、アジア植民地の自由市場の開放をセットにしたいのが本音だった。ただ彼ら自身が植民地主義と言われたくないため、正面切っての主張は控えていたが。

そして、この問題はアメリカとヨーロッパという単純な線引きができるものでもない。

例えば、同じイギリス連邦の国でもオーストラリアやニュージーランドは、安全保障をアメリカに依存する傾向があった。

これはイギリスが彼らへの海軍力の保証について明言しなかったことも大きい。

それはイギリスにとって大きな負担であり、欧州大戦でドイツと死闘を演じているいまではなおさらだ。

しかもANZACの二カ国ですら、考えは同じではない。よりアメリカに近いニュージーランドは対日強硬派であるが、より日本に近いオーストラリアは日本に対して融和的だった。

だから植民地に対する態度は、安全保障を誰に委《ゆだ》ねているかという現実との合成ベクトルで決まった。

さらにアメリカは反ナチズムの立場で、可能なかぎりイギリスを支援していた。そのためアメリカはヒトラーが倒れるまでは、アジアでは事を起こさないという比較的融和的な政策を望んでいた。

それはヨーロッパ戦線に目処《めど》が立つまでという限定的なものだが、融和的な方向性は残されていた。それでも石油禁輸などの措置を講じたのは、アメリカには対中国関係という問題もあったからだ。

こうした大国間の関係の中でバランスを取ろうとした時に犠牲になるのは小国だった。そう、オランダのように。

オランダは祖国をドイツに占領され、亡命政府はイギリスにあった。これだけでも力関係はかなり不利になる。

それでもオランダは植民地だけは確保していた。それはオランダ独立のための担保とさえ言えた。

日本陸軍の仏印進駐から日本とイギリス・アメリカとの関係は一気に悪化したが、それでも彼らはいまこの状況でのアジア地域の戦争は望んでいない。

だからアメリカは石油を売らないとしても、それは蘭印が供給すれば戦争は避けられるというのが、アメリカの導いた政治力学の解答だった。

オランダが貧乏くじを引けば、すべてが丸く収まる。

むろん、そんな要求など飲めるはずがない。

そもそも日本の蘭印での影響力は無視できない。蘭印植民地の資源輸出量を見れば、一九三〇年頃には蘭印から本国オランダに送るよりも、日本に輸出している量のほうが多かったほどだ。

じっさい、祖国がドイツに占領されてからのある時期、蘭印総督府は日本向けの資源輸出で生き延びることを模索したほどだ。

とはいえ、母国を占領しているドイツと軍事同盟を結んでいる日本との貿易関係が成功するはずもなかったが。

ともかく、アメリカにオランダの犠牲で時間を稼ぐという思惑があったことは間違いなかった。開戦になっても、その基本的なアメリカの態度は変わらない。

アメリカが懸念するのは、蘭印の資源に日本がアクセスできる状態である。だから、たとえ蘭印植民地が不毛なものとなったとしても、日本の不利になるなら、アメリカはそれを容認する。それがオランダの国益と対立しても。

そういうわけだから、ハート大将のドールマンに対する対応は、およそ親密とは言いがたい。チャドウィックの部隊が合流してからはなおさらだ。

親密ではない理由としては、オランダ語と英語では意思の疎通が円滑にいかないことをあげてはいるが、そのために通訳を用意されることもなかった。

チャドウィックには通訳など必要ないため、結局のところ、ABDA合同艦隊は英米主導で動いている。レーダーの情報さえ共有されていないのだ。

こうした状況に、ドールマンは抗議するという選択肢をあえて封印した。

戦艦ウォースパイトの投入で、ABDA合同艦隊における力関係は明白になった。彼らの援助がなければ蘭印は守れない。

逆に、ウォースパイトさえ動いてくれるなら、日本軍は撃退されて蘭印は守られる。ドールマンは国益のため、あえて屈辱に甘んじる覚悟ができていた。

ナポレオンがオランダを占領していた時、オランダ国旗がはためいていたのは、日本にある出島のオランダ商館だけだったと聞く。

いまオランダ国旗を掲げる蘭印植民地を、ほかならぬ日本から守らねばならないとは皮肉なことだと彼は思った。

一方でドールマン少将も、単にイギリスの戦艦ウォースパイトに依存するだけで事が足りるとは考えていない。

じつは、彼は口にこそ決してしなかったが、彼なりの計算があった。それは、戦艦ウォースパイトを前面に立てることで、日英両軍を共倒れさせるのだ。

言い換えるなら、戦艦ウォースパイトがＡＢＤＡ合同艦隊の被害担当艦になってくれるなら、蘭印におけるオランダの海軍力は維持され、その効力も確保できる。

そして、戦艦ウォースパイトの犠牲で日本軍を撃退できるなら、蘭印もまた確保できよう。

イギリスにしても、蘭印で日本軍が敗退すればインド洋の安全は確保できる。それは戦艦一隻を犠牲にするだけの価値のある戦果だろう。

ドールマン少将は、自分のこの計画こそがオランダにとって、そしてＡＢＤＡ合同艦隊にとって、もっとも合理的な戦術であると考えていた。

だからこそハート海軍大将が、ＡＢＤＡ合同艦隊をオランダとイギリスの二つの戦隊に分けたときも、彼は抗議しなかったのだ。それどころか、国益のため屈辱に甘んじる小国の軍人（事実、そうなのだが）となったのだ。

戦艦ウォースパイトの陰に自分たちは隠れられる。そうして戦力を温存し、次の機会を待つのである。そう、日本軍に対する残的掃討という機会をだ。

「ハート大将に一言いってやるのは、その時でも遅くはあるまい」

3

「敵艦隊らしき反応を捉えました」

レーダー手からの報告を受けて、チャドウィック少将は意外の念を持った。こちらに戦艦があることがわかっているのに、日本軍は退却せずに前進している。

「なぜ退却しないのか」

チャドウィックには、それがわからない。だが、ふと思い当たることがある。

「対空警戒はどうか？　敵航空隊は？」

日本海軍航空隊は戦艦プリンス・オブ・ウェールズを撃沈した。日本艦隊の水上艦艇は戦艦を持たない脆弱《ぜいじゃく》な戦力だが、それらに航空隊が協力するとしたら、話はなかなか厄介だ。

「偵察機と思われる小型機が単独で敵艦隊より接近してきますが、敵航空隊は現時点で確認されておりません」

「わかった。ありがとう」

チャドウィックはそう言って電話機を戻すが、状況がさっぱりわからない。航空機の支援なしで、巡洋艦や駆逐艦の部隊が自分たちとぶつかろうというのか。

「司令官、これはもしかすると……」

第三の可能性を先任参謀が口にする。

「先ほどの偵察機ですが、フロートがついていませんでした。つまり陸上機です」

チャドウィック少将には、そのことの意味がすぐにわかると同時に、なぜその可能性に気がつかなかったのかと、己《おのれ》の不明を責めた。

「空母を伴っているのか！」

真珠湾を奇襲攻撃した大型空母群は南方方面には展開されていない。しかし、日本海軍には鳳翔《ほうしょう》や龍驤《りゅうじょう》などの小型空母もある。

それらが行動をともにしているなら、あえて戦艦を投入する意味はない。

「小型空母の艦載機とはどれくらいだ、先任？」

そんなことを突然尋ねられても先任参謀だってわからない。それでも、おぼろに記憶している数字はある。

「二〇機程度のはずです」

「二〇機なら三分の一は戦闘機として、攻撃機は一四、五機か。敵機の命中率を二割として、三機の攻撃に耐えられるかどうかだな」

チャドウィックの脳裏には、マレー沖航空戦での戦艦プリンス・オブ・ウェールズと駆逐艦が誤認された事例があった。話によれば、駆逐艦一隻を撃沈するのに、日本軍はおびただしい数の航空機を投入していたという。

日本軍機の命中率は高くない。だから二〇機相手なら、対空火器と周囲の駆逐艦の支援で、戦艦ウォースパイトを守り切ることは可能だろう。

彼はそうした計算を瞬時に行った。そして小型とはいえ、敵空母を撃破することは連合国の士気の向上にも寄与するはずだ。

敵艦隊の陣容は必ずしも明確ではなかった。それは、距離がまだ五〇キロほど離れていたのと、スコールが発生したためだ。

「偵察機を出せ」

チャドウィック少将は命じた。

艦載機により自分たちの存在を知らせるのは不本意だったが、レーダーがスコールで使えないのなら仕方がない。

それにスコールで敵機が飛べないなら、このチャンスを生かさない手はないではないか。

もちろん、ウォースパイトが偵察機を飛ばせるのだから、敵空母も艦載機を飛ばす気になれば飛ばせるだろう。しかし、空母艦載機は飛べばいいというものではない。

攻撃を仕掛けるからには、命中率が重要となる。スコールの中の航空戦で結果が出せるとは思えない。この点では艦砲のほうが圧倒的に有利だ。

つまり荒天という状況で、自分たちが日本空母を発見できたなら、戦艦ウォースパイトは敵に大打撃を与えられるということだ。

戦艦では偵察機発進の準備が始まる。荒天の中での発艦作業は困難ではなかったが、将兵にとって不快なものだった。それでもカタパルトに水上偵察機が備えられる。

水上偵察機がカタパルトから打ち出されると、ほどなく報告が入る。

「敵艦隊に空母あり！　小型空母だ！」

その報告はチャドウィック少将を喜ばせた。いまなら一方的に砲撃を仕掛けられる。

「砲術長、砲撃準備だ！　敵空母を砲撃する！」

三八センチ連装砲塔四機八門がレーダーと水上偵察機からの報告をもとに、方位角と仰角を定める。

「発砲！」

まず試射が行われるが、レーダーとスコールの中の弾着観測では命中精度は出ない。弾は近弾で、苗頭《びょうとう》もあまりよくなかった。

偵察機の側も偵察訓練は受けていたが、弾着観測についてはさほど訓練されていない。これは訓練不足ということではなく、戦艦に期待される任務の違いだ。

日本のようにアメリカとの艦隊戦を想定している国ならば、しかも戦力が劣勢なら、命中精度の向上のため弾着観測にも力を入れる。アウトレンジ攻撃に大きな価値があるからだ。

だが、ヨーロッパでは話が違う。イギリス海軍に匹敵する海軍力を持つ国はなく、いま現在なら敵はドイツ海軍だ。

しかしビスマルク追撃戦以降、英独での主力艦の砲戦は行われていない。そもそも英独の主力艦同士の砲戦自体が、あの一回だけだ。

この状況では、偵察機に優先されるのは弾着観測よりも偵察だ。すでにイギリス海軍は砲戦の照準に関して、レーダーを軸にしようとしているから、なおさらだ。ただ、レーダー砲戦はまだ完成されたとは言いがたく、砲撃はなかなか成功しない。

正確な距離はレーダーで計測できても、苗頭に関してレーダーでは不十分なのだ。そのため測距儀を併用しなければならないが、悪天候では精度が出ない。

そして当然のことながら、標的となった小型空母は頻繁に針路を変更し、砲撃を避けた。

この時、戦艦ウォースパイトのレーダーは日本艦隊の一部しか捕捉できず、残りはスコールの中にあるようだった。

しかしチャドウィック少将は、そんなことは気にもとめなかった。

空母を撃破すれば、この海戦は終わる。空母なしで戦艦の前にどんな水上艦艇が姿を現すというのか。

「なかなか命中弾が出ませんな」

幕僚のつぶやきにチャドウィック少将は言う。

「彼らには逃げることしかできん。スコールにより航空機という武器を封じられたのが、彼らの不幸さ」

そして、ついに空母に命中弾が出た。

4

潜水母艦秀鯨はスコールに見舞われた艦隊の中で、真っ先に外に出た一群の一隻だった。敵艦隊が近いため、偵察機を出さねばならないからだ。

それは弾着観測機とは違うのだが、支援はできる。しかし、スコールの外に出てしばらくすると敵機が見えた。水上偵察機だ。戦艦から飛ばしてきたのだろう。

そのこと自体に驚きはない。この状況なら何も飛んでこないほうがおかしいだろう。

水上機には驚かない杉本艦長だったが、近くに巨大な水柱が現れたときは、さすがに驚いた。

水柱の状況から見て、それは戦艦のもので、偵察機が報告した戦艦ウォースパイトだろう。

水柱は一本だけだったが、それはむしろ杉本艦長の不安を増した。水柱が一本とは戦艦の試射であり、つまり弾道修正後には本射がある。

本射があるということは、敵は本気だ。

「敵は何を考えているのだ？」

戦艦が砲撃をくわえてくる。それはわかる。戦艦とはそのための軍艦だ。

ただ水上偵察機がいながら、どうして自分たちを攻撃してきたのかが、杉本艦長にはわからなかった。攻撃するなら戦艦大和ではないのか？

スコールで見えないとしても、いきなり潜水母艦を砲撃するという意味がわからない。杉本艦長には、敵戦艦からは自分たちが空母に見えている可能性がわかっていなかった。

なぜ自分たちが砲撃されるのかはわからないが、杉本艦長は自ら舵輪《だりん》を握り、敵の砲撃をかわそうとする。

スコールに突っ込むことも考えないではなかったが、それは本質的な問題解決にはならない。さらに艦隊主力がスコールの中にいるのであるから、下手なことをすれば僚艦と衝突事故を起こしかねない。

スコールはいずれ消えるのだから、そんな危険は冒《おか》せない。こうして秀鯨は前進しながら、砲撃を回避していた。

天候は必ずしも良好とはいえず、遠くで何かが光ったように見えたに過ぎない。

秀鯨は活発に動いたが、速力はそれほど出ない。そういう目的の船舶ではないからだ。

そして、ついに一発の砲弾が命中する。

秀鯨全体に衝撃が走った。命中箇所は格納庫であった。

通常なら格納庫内は火の海になるところだが、偵察任務を命じられていたため、まだ飛行中の機体も多く、さらに二段索敵を準備していたので、艦載機は飛行甲板に並べられていた。

したがって、砲弾は格納庫内で爆発はしたが、艦載機を巻き込むことはなかった。

さらに、秀鯨は空母に似た形状だが空母ではない。潜水母艦であるので格納庫は全通ではなく、いくつかに仕切られていた。

そのため爆発した砲弾片は命中箇所のほとんどを破壊した半面、溶接であるため、リベット工法では破断したリベットが銃弾となって被害箇所を拡大するようなスプリンター被害は、ほぼなかった。被害のほとんどが砲弾片によるものだった。

これは潜水母艦秀鯨の運命を変えた。

火災は生じたものの、格納庫が分割されていることで被害箇所は限局されていた。

おかげで比較的無傷な部署から消火作業を行うことができた。

ただそのことは、消火作業が容易だったことを意味しなかった。

「塗料が燃えているぞ！」

それはまったく予想外の事態であった。格納庫内に塗られているペンキが火災により燃えはじめたのである。ペンキが燃えるなど、造船官でも想像しなかったことだ。

さらに、予想外の事態が起こる。火災に見舞われた格納庫部分で電源が失われたのだ。

理由は電路内の電線被覆の延焼であった。被覆《ひふく》が延焼し、それで電路がショートしてしまった。

幸いにも格納庫の電気は、配電盤の切り替えでなんとか対処できたが、杉本や応急担当の分隊長にとっては予想外の問題であった。

塗料や電線の被覆で火災が広がるなどと誰が想像するだろうか？

こうしたことにより、限局されてはいるが、火災はなかなか鎮火には至らなかった。格納庫も壁の面積が広いので、塗料はどこかで燃えている。

表面の火災は、そのまま壁面裏側の火災へと広がった。幸いだったのは格納庫が分割されていたため、壁面裏側にも放水が可能であり、そちらの火災を容易に消しとめられたことだ。

さらに内側の火災も、消火活動と燃えるべきペンキが燃え尽くしてしまうと、火勢は急激に衰えた。

火勢が衰えたもう一つの理由は、密閉空間で消火作業をしたために水蒸気が室内に充満し、結果的に酸素を遮断することになったからだ。

それでも高温を維持していたら、扉を開いた時点で火災は爆発的に広がっただろう。しかし壁面裏側に放水し、温度を急激に下げていたため、いわゆるバックドラフト現象は起きなかった。

この消火作業の中で、二発目の砲弾は命中しなかった。一発目の砲弾による火災と黒煙が、戦艦ウォースパイトの水上偵察機からは致命傷に見えたためだ。

その時点で砲撃は中止となった。秀鯨は助からない。ウォースパイトの水偵からは、そう見えたのだ。

そして、戦艦大和からの反撃が始まった。

5

高柳艦長が観測機を出したのは、潜水母艦秀鯨が攻撃されるよりも前だった。スコールはもうすぐ晴れるだろうし、大和としてはアウトレンジからの砲撃を意図していたのだ。

大和から出撃した二機の観測機を戦艦ウォースパイト側もレーダーで把握していたが、それは空母艦載機だと彼らは解釈していた。

いずれにせよ、自分たちの脅威になるものではないだろう。それが彼らの解釈だった。

そして、スコールもかなり小降りになっていた。少なくとも大和の測距儀で、その姿が追尾できる程度には。

すでに戦艦大和では射撃のために各部門が動いていた。中心となるのは射撃指揮所だ。

射撃指揮所は前檣楼《ぜんしょうろう》最上部にあった。その下に測距儀があり、ここが観測機を追尾する。

戦艦の主砲発射は測距儀で計測されて測的盤、さらに射撃盤へ送られ、機械式計算機であるそれらの結果は、射撃指揮所と各砲台に送られるようになっていた。

各砲台にも照準望遠鏡があり、そこでも同様の計測は可能であるが、大和の砲塔は海面より十数メートルの高さしかないため、この高さではせいぜい三〇キロ先の相手しか観測できない。

射撃指揮所下の測距儀なら四〇キロ以上先の相手も観測できる。とはいえ、それも理論値であり、海面の状態に大きく影響される。だからこそ、観測機が意味を持つ。

これもあって、戦艦大和では方位盤射撃が行われる。射撃指揮所の方位盤射撃装置の引き金を方位盤射手が引くと、すべての砲塔の主砲が火を噴くのである。

この最重要の役目は砲術長ではなく、海軍生活の現場を二〇年勤め上げてきたような特務士官や兵曹長の担当であった。

ここで、二機の観測機のうち一機は高度四〇〇〇から五〇〇〇を維持しつつ、戦艦大和と平行に敵味方の中間を飛ぶ。

じっさい零式観測機からは、戦艦大和も戦艦ウォースパイトもどちらも確認できた。

そこで観測機は、照準鏡を二隻の戦艦に合わせる。そうして二隻の戦艦から等距離に観測機を置くように移動した。

観測機は照準鏡を見ながら、二隻の戦艦の中心で「8」の字を描く。「8」の字の中心が、ちょうど両者との等距離になるようにだ。

そして「8」の字の中心に観測機が位置した時、観測機は無電で「テ」の信号を戦艦大和に送る。

測距儀は観測機を追尾しているので、指揮所の無電が信号を受信した時、その方位の延長線上に敵戦艦がおり、距離は大和と観測機の二倍となる。

このデータを射撃盤に送ることで、砲撃のために方位角と仰角が求められた。

「撃てっ！」

砲術長の命令で、まず初弾が戦艦ウォースパイトに向けて放たれた。それは一発だけだった。いまの時点では、まだ試射だ。

砲弾がどこに弾着したのかは別の観測機が担当している。

戦艦ウォースパイトの上空から観測機が弾着位置を報告する。戦艦大和と戦艦ウォースパイトを結ぶ直線を設定し、そこからウォースパイトを起点に直行する直線を引く。

海上に四つの象限が設定され、弾着点はこの四つの象限のどこであるかが観測され、報告されるのだ。

この四象限は一辺一〇〇〇メートルで設定されている。

具体的には、戦艦ウォースパイトの周辺が四象限に区切られ、右上から順番にリ・ヤ・ヨ・イと符号が付けられる。無電で誤認しないようにだ。

「リ」は「長・長・短」、「ヤ」は「短・長・長」、「ヨ」は「長・長」そして「イ」は「短・長」という具合である。

中間点の維持ではなく弾着観測を担当する観測機は、ここで「ヤ・三・三」と打電した。初弾は「ヤ」のエリア、つまり、右側の近弾であり、数値としては右に三〇〇メートルずれ、三〇〇メートルの近弾であることを意味した。

報告を受けると砲撃の諸元が調整される。

「ちょい右、下げ四〇〇！」

苗頭と距離が調整され、再度の砲撃が出されて夾叉弾《きょうさだん》が出た。調整が終わり本射となった。

水柱が上がった時、チャドウィック少将が思ったのは爆撃の可能性だった。空母が撃破される直前に攻撃機が飛び立ったと思ったのだ。

じっさい小型機が二機ほど艦隊から飛んでいる。それらによる爆撃と考えた。

しかし、この時点でもチャドウィック少将は、その攻撃に恐怖も脅威も感じなかった。失敗した爆撃機になんの脅威があるだろうか。

「司令官、あの水柱は爆弾でしょうか」

参謀が、やや蒼白な顔で言う。

「爆弾にしては水柱が大きすぎないでしょうか」

言われてみれば、水柱は優に五〇メートルを超えている。確かに爆弾の水柱にしては高く見える。

「あれが爆弾でなかったとしたらなんだ？」

消去法で言えば艦砲の砲弾となるが、ならば、ますますあり得ない。一六インチ砲弾だってあれだけ巨大な水柱にはならない。

しかし、艦砲でも爆弾でもないとしたら何か？

「砲撃です！」

参謀が口にするまでもなく、それが砲撃であることがチャドウィック少将にはわかった。

なぜなら、水柱は自分たちの周囲に林立しているからだ。その数は九本。つまり、自分たちは夾叉弾を受けている。

「馬鹿な！」

スコールはこのタイミングを待っていたかのように消える。そして、水平線の彼方に戦艦らしいシルエットが見える。

チャドウィックは双眼鏡を向けるが、ますます状況が信じがたい。艦橋構造物や砲塔の一部らしいものは見える。明らかに巨艦である。戦艦で間違いないだろう。

しかし、戦艦ウォースパイトの艦橋から見える水平線の距離から考えて、普通の戦艦はこんな見え方はしない。艦橋構造物の上部が見える程度だ。

砲塔の一部が見えるなら、水面上の高さがそれなりにある。つまり、かなりの排水量を持つことになる。

彼も演習で、戦艦プリンス・オブ・ウェールズを同様の状況で確認したことがある。

艦橋構造物があれだけの高さに見える距離まで接近したら、船体上部はほぼ見えているはず。つまり、見え方がおかしい。

そもそも砲塔と砲塔の距離が離れすぎている。

「日本軍が戦艦プリンス・オブ・ウェールズよりひと回り大きな戦艦を建造した!?」

それは信じがたい話であったが、水平線の巨艦はその信じがたい話を信じるしかないことを示している。

チャドウィック少将が困惑している時間はわずかだった。彼はすぐに転舵を命じた。

一六インチ砲より巨大な砲弾が命中すれば、近代改装を行ったとはいえ、ウォースパイトは甚大な被害を受けるだろう。ならば敵が夾叉弾を出したいま、転舵して照準をやり直させて時間をかせぐのだ。

この時点で、チャドウィック少将は撤退ということは考えなかった。

なぜなら、彼には日本軍が戦艦プリンス・オブ・ウェールズをしのぐような戦艦を建造したことが信じられない。そして、東洋艦隊の情報部から「金剛型戦艦が編組されている」という情報があったことも大きかった。

金剛型は巡洋戦艦であり、情報部の報告がこの戦艦を意味していたならば、これは巡洋戦艦だ。

そこには偏見もあったが、チャドウィック少将にしてみれば、日本が巨砲を持った高速戦艦を建造したというよりも、装甲を犠牲にして巨砲を載せた巡洋戦艦を建造したほうが信じられた。

さらに彼は、ウォースパイトのレーダーに自信があった。レーダーが捉えた小型機は弾着観測機だろう。つまり、日本軍にはレーダーがないか、射撃指揮に使える水準にはない。

自分たちのレーダーも砲戦では完璧とは言えないが、かなり使える水準にある。

そうして彼は転舵しているなかで、砲術長にレーダーを使用して日本戦艦への砲撃を命じた。

ちょうど日本軍が本射に入ったらしいが、ウォースパイトの転舵で命中弾は出なかった。ただ危機一髪ではあった。

むしろ割りを食ったのは、ウォースパイトとともに転舵を余儀なくされた駆逐艦だ。

ウォースパイトの急な転舵による衝突を避けるために舵を切る。戦艦より駆逐艦のほうが軽快に動けたが、まさにそのために駆逐艦には戦艦大和の砲弾が直撃してしまう。

駆逐艦にとっては、まさに寝耳に水の出来事だった。まず駆逐艦は戦艦大和の存在を理解していなかった。レーダーもなく、駆逐艦からはわからなかったためだ。

戦艦ウォースパイトが砲撃をした時、「空母」の姿が見えたので、彼らからすれば、戦艦の動きはその延長と思われたのだ。

「水柱!?」

駆逐艦の乗員たちも、大和の試射の水柱は目にしていたが一つだけであり、空母を攻撃していたので、砲弾ではなく爆弾投下と解釈した。ある意味で、それは素直な解釈と言えただろう。

それだけに本射による水柱の林立も、やはり爆撃であり、日本軍がすべて外したと考えた。

彼らがことさら迂闊《うかつ》というわけではない。

彼らは事前に、日本軍の戦力についてブリーフィングを受けていた。その時、日本海軍の戦艦について、編制にはあるがこの作戦では遭遇しないだろうと説明されていたのである。

それは近藤司令長官の部隊の金剛型戦艦のことであり、戦艦大和ではなかった。

しかし、彼らが知らなかったとしても、砲弾の直撃は事実だった。その衝撃は駆逐艦を揺らし、瞬時におびただしい死傷者を艦内に生んだ。

艦長は奇跡的に無事だった。しかし、この事態にどこから手をつけるべきかまったくわからなかった。

ともかく無傷の人間が、どれだけいるのか。それを確認するのが先だ。

しかし方法がない。伝令もいない。電話も使えない。伝声管も役に立たない。

艦長は、ともかく艦内を探そうとして啞然《あぜん》とする。艦内のあちこちから火災が生じているのは、あの衝撃で予想していた。驚いたのは空が見えたことだ。

何があったのかは知らないが、船体がもぎ取られて通路から空が見える。そしてその空間から、甲板や船内から激しい火災が広がっているのが見える。

「おい!」

無事と思われた将兵たちに声をかけるものの、彼らもあまりの事態に何が起きたのかがわからず、無能状態に陥《おちい》っていた。

そして、駆逐艦は予告なく爆発した。

当たりどころも悪かったのだろうが、これにより駆逐艦は火薬庫に誘爆して轟沈《ごうちん》してしまう。戦艦大和の最初の撃沈艦は、このイギリス駆逐艦となった。

戦艦ウォースパイトは無事だったが、僚艦が一発の砲弾で轟沈したことにチャドウィック少将は、自分が何か根本的な部分で大きな過《あやま》ちを犯しているのではないかという疑念にとらわれた。

そして、日本戦艦は急激に自分たちとの距離を縮めていく。そのため戦艦ウォースパイトの側からは照準がつけやすかった。

そうして砲撃が行われる。距離はよかったが苗頭が甘い。それを修正し、再度の砲撃を行う。

「命中です！」

砲術長が叫ぶ。砲弾は一発だが、日本戦艦に命中した。

三八センチ砲弾は確かに命中したはずなのに、日本戦艦は速度を緩めない。つまり、砲弾は日本戦艦の装甲に弾かれたのだ。

「馬鹿な……」

チャドウィック少将には、それが信じられなかった。確かに遠距離砲戦ではあったが、それでも巡洋戦艦に三八センチ砲弾が命中すれば、轟沈しなくとも中破程度の損傷にはなったはずだ。それを弾いたとは……。

「戦艦プリンス・オブ・ウェールズ並みの高速戦艦……なのか？」

いつのまに日本海軍がそんなものを建造していたのかはわからない。しかし、現実は現実だ。

チャドウィック少将は、ここで撤退を決意する。

蘭印防衛も重要だが、いまここで戦艦ウォースパイトを失うわけにはいかない。イギリスは、戦艦プリンス・オブ・ウェールズと巡洋戦艦レパルスを失ったばかりなのだ。

ただしこの決断は、チャドウィック戦隊だけに通知されたもので、ドールマン戦隊には通知されていない。

彼らは海戦の蚊帳《かや》の外に置かれていたが、日本軍の戦艦が現れ、チャドウィック艦隊が撤退に転じたことで、それに追随するしかなかった。

「ウォースパイトの砲弾が日本戦艦には利かないだと！」

ドールマン少将にとって、それはまったくの計算外の出来事だった。

日英が消耗戦を繰り返し、互いに撤退するようなことを望んでいたのに、現状は明らかにＡＢＤＡ合同艦隊が日本海軍に圧倒されている。

だから彼も、この状況では戦艦ウォースパイトの無事を祈る。それが、いまの自分たちの最大の戦力だからだ。

ドールマンとしてはパリクパパンを防衛したいが、艦隊がこんな有様では各個撃破されるだけだ。それよりも態勢を立て直し、捲土重来《けんどちょうらい》を期すべきだろう。

しかし、チャドウィックもドールマンも、二つの戦隊を一つに再編することは考えなかった。そのための時間がないからだ。むしろドールマンは、チャドウィックが日本艦隊の標的となり、時間稼ぎをしてくれることさえ望んでいた。

もちろんそれは、ウォースパイトを失えばいいということではない。ただ、ここで全滅を回避するには、戦艦が時間を稼ぐしかないと考えたのだ。

ほかの小艦艇を撃破し、それにより日本軍の侵攻を遅らせるなど、方法はあるだろう。しかし、それすらも非現実的であることを、ドールマンは目《ま》のあたりにする。

６

日本戦艦がウォースパイトよりも高速であることは、ＡＢＤＡ合同艦隊を驚かせた。ウォースパイトが後退するなか、日本戦艦は着実に距離を縮めていた。

そのためウォースパイト側が照準を定めやすいように、日本戦艦側も照準が定めやすかった。

そしてスコールが去り、距離も二万に近づくなかで、戦艦ウォースパイトのレーダーの優位も失われつつあった。

この時、すでに戦艦ウォースパイトからも水偵は発進していた。

ここで信じがたいことが起きた。増援の日本戦艦の観測機が、それらの水偵に銃撃を加えてきたのである。

イギリス海軍の水偵は機銃一丁に対して、零式観測機は二丁あり、なによりも速度と運動性能で勝っていた。

敵制空権下でも弾着観測をするという無茶な海軍の要求に応えた機体である。準戦闘機ともいうべき観測機であった。戦艦ウォースパイトの偵察機は撃ち落とされてしまった。

この観測機と水偵の小さな空戦は、戦艦同士の砲戦に決定的な影響を及ぼした。戦艦ウォースパイトには弾着観測機がなく、大和には観測機があった。

結果として、先に夾叉弾を出したのは大和だった。そして、この時の両者の距離は二万を切っていた。

戦艦大和の砲弾は、戦艦ウォースパイトの装甲にほぼ垂直に命中した。本来なら、もっとも装甲が機能を発揮する角度である。

だが、大和の四六センチ砲弾は戦艦ウォースパイトの装甲を貫通し、艦内で爆発した。命中弾は二発であった。

チャドウィック少将は日本戦艦の砲弾が命中し、装甲を貫通したことに衝撃を受けていたが、すぐ現実に引き戻される。まず反撃のため、各砲塔に発砲を命じた。

戦艦ウォースパイトの砲弾は落角が浅く、それはほぼ水平弾だった。つまり命中界が大きい。

この命中界のおかげで大和に命中弾が出た。しかも大和のほうが大きいだけに命中率では有利だ。

しかし、奇跡的に命中した一弾もまた、大和の装甲に弾かれる。

そして、二度目の砲撃で大和の砲弾が命中した時、戦艦ウォースパイトはほぼ戦闘力を失った。Ｃ砲塔が砲撃を受け、火災を起こしたのだ。

火災は鎮火する気配もなく、そのまま延焼を続ける。戦艦ウォースパイトはここで、舵機の故障という致命的な損傷を負ってしまった。

この舵機の故障のため、重巡洋艦コンウォールと衝突するという悲劇に見舞われる。戦艦ウォースパイトを救おうとしたことが完全に裏面に出てしまった。

重巡は艦首を切断され、そのまま沈没してしまう。そして、ウォースパイトは黒煙を吐きながら操舵不能となった。

戦艦ウォースパイトは総員退艦命令が出て数分後、火薬庫への延焼による誘爆で轟沈する。

それはまったく予想外のことで、乗員五〇名ほどしか生存者がいないという惨劇だった。

のちにパリクパパン海戦と呼ばれる戦艦大和の初陣は、事実上、このウォースパイトの轟沈で終わりを告げる。ＡＢＤＡ合同艦隊の艦艇は、とりあえずスラバヤに引き上げるしかなかった。

この段階になり、ようやく彼らはハート大将の戦死を知る。ＡＢＤＡ合同艦隊は再編をしなければならない状況にあった。

だが、戦闘はこれで終わったわけではなかった。

第二部　米空母撃滅戦！（前）

プロローグ

昭和一八年秋、東部ニューギニア。

「よし、確認した。浮き上がれ！」

輸送潜水艦伊《い》号《ごう》第三六一の橘《たちばな》潜水艦長は、そう命じた。

海岸からは、浮上しても安心という信号が出ている。それを潜望鏡で確認したのだ。

陸上部隊には移動式の電探もあるので、あちらが安全と言うからには、敵の飛行機も飛んでいないのだろう。

伊号第三六一潜は伊号第二〇一型潜水艦の派生型にあたる。排水量を増大して一〇〇トンの物資を輸送し、最前線への補給を行う。

この目的に特化しているので魚雷発射管さえない。ただ、司令塔には二五ミリ連装機銃が二門ある。昨今は対空兵装が重要なのだ。

潜水艦は浮上すると、すぐに水兵たちが起倒式のクレーンを組み立てる。迅速《じんそく》に物資輸送をするためだ。

物資はすべて規格化された鉄の箱に収められている。それは国鉄が鉄道輸送量を増やすため、規格化された鉄の箱（後にコンテナと呼ばれる）に物資を収納して輸送するとの構想を研究していた時の産物だ。

国鉄の研究は残念ながら実用化には至らなかったが、戦争になり船腹量不足が深刻になると、再び脚光を浴びるようになった。

大本営が、船腹量不足を帝大の数学科の教授らに分析させたのが理由の一つだ。大本営としては船舶の建造期間の短縮を期待したが、出てきた回答は予想外のものだった。

「船舶の荷揚げ能力が低いため、港湾の在泊時間が無駄に長い。それを改善すれば船舶の回転率が向上し、建造量を増やしたのと同じ効果がある」

大本営の高級軍人らは、そういう理屈よりも「いまある船舶で輸送量を三割は増やせる」という結論だけに注目した。

そうしてクレーンとコンテナによる輸送が取り入れられ、荷揚げ時間が短縮され、船舶の回転率も向上した。溶接可能な高張力綱が普及したので、コンテナの中には石油輸送用のものまであった。

危険といえば危険だが、一般商船を簡単にタンカーとして運用できるのでコンテナは急速に普及し、戦時標準船もコンテナ対応となった。

輸送潜水艦もこのコンテナを活用していた。輸送潜水艦にとって浮上中こそ、もっとも脆弱《ぜいじゃく》であるからだ。だからコンテナで短時間に物資輸送ができることが重要なのである。

海岸からは水陸両用トラックが一〇輌ほど現れる。もともとは中国戦線で、河川やクリークを走破するトラックとして開発が進められていたが、ニューギニアでは海から陸までの輸送を結ぶ重要な存在として扱われていた。

コンテナは日本から現地までの船舶輸送の効率化には寄与したが、船から前線までのラスト一マイルでは、むしろ輸送の困難さを生んだ部分もある。コンテナはコンテナとして輸送するのが効率的だからだ。

その問題を、この水陸両用トラックが解決した。従来の六輪自動貨車に舟型シャーシを取り付けただけだが、これでコンテナを一個運べる。

クレーンでトラックの荷台に積み込めば、作業はそれで終わる。一〇輌のトラックなら五往復すれば、輸送潜水艦の物資はすべて移動できる計算だ。

「潜艦長、函《はこ》は戻してくれないんですか」

作業を指揮する新任少尉が尋ねる。このへんの作業指揮は彼が行うことになる。実務は兵曹長が仕切っているのだが。

「原則として函は回収されるが、ニューギニア戦線での回収率は高くないな」

「なぜですか？　ちゃんと自動貨車もあるのに」

「帳簿上は破損ということになっている」

「やはりニューギニアだから？」

察しの悪い少尉に橘潜水艦長は苦笑する。

「まぁ、ある意味、ニューギニアだからだ。要するに気密性の高い鉄の函は、雨風をしのぐのに最適なんだ。換気口を作って通気さえよくすれば、湿気もなんとかなる。ただそうやって改造したら、回収はできん」

「それは規則違反では？」

「規則違反だが、おかげで衛生環境が改善して赤痢《せきり》やマラリア患者は激減した。規則を守って病人、増やしたいか？」

「いえ。それは嫌です」

「だろ、そういうことだ」

ニューギニアの戦場は、日本軍にとっても連合国軍にとっても、過酷な戦場となっていた。日本軍は中部から東部ニューギニアの要地を占領していたものの、連合国軍の抵抗や反撃はいまも続いている。

しかも、連合国軍も日本軍も互いを敵とするだけではすまなかった。ニューギニアのジャングルそのものと彼らは戦わねばならなかった。

マラリアや赤痢という疾病が、連合国軍であれ日本軍であれ、容赦なく襲ってくる。

ただ、それらの病気は治癒《ちゆ》可能なものであることが、問題を複雑にしていた。つまり野戦病院などを整備し、必要な栄養を将兵に保証できる側は疾病に勝利できるが、そうでない側は敵弾よりも先に病《やまい》で将兵を失った。

結果として、連合国軍も日本軍も大攻勢に出る前に、自軍の兵站面《へいたんめん》を強化することを迫られていた。

この点では、じつは連合国側が出遅れていた。日本軍の兵站は弱いだろうという予測から、それらに対する攻撃よりも、自軍の兵站の強化を目指していたのだ。

だが、それは完全に裏目に出ていた。日本軍は目立たぬように補給を続け、密かに複線の軽便鉄道をラエからブナまで開通させていたのである。

軽便鉄道の輸送力は限定的だが、それでも人力でジャングルの中を将兵が背負子《しょいこ》で物を運ぶよりははるかに強力だ。将兵の負担は天と地ほどにも違う。幌を展開しただけの無蓋《むがい》貨車でも、病害虫に刺される可能性は激減した。

しかも路線は離れた場所に複線化してあったので、連合国軍は長らく海岸側の一本だけを日本軍の兵站線と考えていた。

だから、機銃掃射などで海岸側の軽便鉄道は何度か攻撃を受けたものの、鉄道輸送を止めるには至らなかった。意図的にわかりやすく作ってある海岸線の軽便鉄道に比較して、内陸部の複線は飛行機から容易に発見できなかった。

一方の連合国軍も、軽便鉄道による輸送を試みるも進展ははかばかしくない。兵站基地がポートモレスビーであるため、山脈越えをしなければ物資を運ぶことができないためだ。

そのため連合国軍は、海路により東部ニューギニアに兵站拠点を設けようとしていた。そしてそれは、日本軍にとって看過《かんか》できない動きであった。

伊号第三六一潜水艦からの物資輸送が完了すると、コンテナの一部はそのまま倉庫になり、一部は穴を開けられ、送風装置が施工され、すぐに住居となった。

昔はコンテナそのものを利用していたが、最近はコンテナを積み木のように組み上げてコの字を作り、屋根をふいて大きな空間を作ることも行われていた。

そうした作業が終わる頃、増援部隊が到着する。軽便鉄道の存在が露呈しないよう、ジャングルの中に啓開《けいかい》した道を通じて、部隊が移動してきたのだ。

道路は舗装されておらず、トラックも前進できないが、それでも丸太を並べて歩きやすくなっていた。泥濘《ぬかるみ》で沈んでしまうことはない。

「斥候《せっこう》の報告によれば、敵はこの地点に旅団規模の兵力を集結させている」

陸戦隊指揮官の説明に、コンテナを並べた空間に作られた作戦室でどよめきが起きた。

「連隊規模ではなかったのですか」

部隊長の一人からそんな声が漏れる。それも当然だ。彼らの部隊は大隊規模でしかないからだ。装備も物資も充実しているが、それでも大隊規模なのだ。

「旅団規模であるが、昼間の攻撃で敵の後方の補給路を航空隊が痛打した。砲火力を行使するのは当面は難しいだろう。

我々は計画にしたがい準備した陣地より、三方から迫撃砲で攻撃を加える。まずは敵を混乱させ、前進を阻み、反撃を誘発させるのだ」

ジャングルの戦いであるため、日本軍の砲火力は迫撃砲が活躍していた。

じつは、斥候は敵の動きを察知した時点で想定戦場周辺の地形の観測も行っていた。測量まではいかないが、それでも地形を把握しているかどうかは、迫撃砲を用いる上で重要だ。

そのほかいくつかの確認事項があり、説明を終えて作戦は実行されることとなる。作戦は夜襲だった。大隊で旅団と戦うからには夜襲しかない。

「時間だな」

陸戦隊指揮官が腕時計で確認すると、迫撃砲の砲声が聞こえた。彼我《ひが》の隔たりは三キロほどだが、ジャングルでは無限の隔《へだ》たりだ。

敵軍は日本軍部隊がここまで浸透しているとは思っていなかったのか、大混乱であるらしい。それは上空を飛ぶ飛行機から知らされた。

敵軍も態勢を立て直すと、野砲で反撃を仕掛ける。ただし、照準は大幅にずれている。

「退避にかかれ！」

指揮官が野戦電話で告げると、迫撃砲の攻撃はやむ。そのことで連合軍側は、野砲の照準が正しいと思ったのか、さらなる砲撃を仕掛けてきた。

まさにそのタイミングで、連合軍陣地からおびただしい爆発音が聞こえた。一・六トンの四六センチ砲弾が、連合国軍の旅団陣地に砲撃を仕掛けているためだ。

「これが大和《やまと》と武蔵《むさし》の砲火力なのか！」

陸戦隊指揮官は敵陣の反対側、火砲の閃光で赤く燃える水平線を見ていた。

第１章　油槽船五号

1

「あれが戦艦大和か」

油槽船五号の戸田《とだ》船長は、水平線に見える巨艦の姿に感銘を受けていた。

この日本のどこで、こんな大きな船を建造できたのか。そんな思いさえ湧いてくる。

「洋上補給の準備だ！」

戸田船長の声にも緊張が走る。

通常なら油槽船五号は、複数の船舶に給油を行う。巡洋艦に給油して、それから駆逐艦の五、六隻に……という感じだ。

ところが命令書によれば、油槽船五号が給油するのは戦艦大和一隻だ。そして、油槽船五号は戦艦大和に給油を完了すれば、タンクはほとんど空になる。船の復元力の問題もあるので、いかな油槽船でも完全に燃料が空ということはないのであるが、大和の後では駆逐艦一隻に給油できるかどうかわからない。

さすがに大和にしても燃料タンクが完全に空のはずはなく、それなりの燃料は残っているだろうが、それでも大和側の不足分を満たすには、油槽船側も全力で臨むことになるだろう。

洋上補給は戸田船長も慣れた作業であったが、大和相手では色々と勝手が違った。前後一列になって洋上補給をするのだが、艦舷の高さがほかの軍艦とはかなり異なるため、相応の準備が必要だ。ポンプの圧も上げねばならない。

それでも事前に十分な情報が与えられていれば、余裕で対応可能だが、なにしろ帝国海軍の秘密兵器であり、情報は少ない。

燃料がらみは最高速力や航続力などを推測する重要データであるため、油槽船にも伝えられない。なので、現場作業であわせていくしかない。

「そのまま、そのまま」

幸いにも給油ホースとともに電話線も渡されているので、意思の疎通《そつう》だけは電話でできる。

帝国海軍の秘密兵器だけに乗員は精鋭であるためか、洋上補給は順調に進んだ。ただ、戦艦一隻の補給にもかかわらず、燃料の残量は驚くほどの勢いで減って行く。

「燃料だけで駆逐艦一隻の排水量を優に超えますよ」

作業にあたる下士官が、驚きとも悲鳴ともつかない声をあげる。給油作業が終わり、油槽船と戦艦は左右に分かれる。

「船長、これは注水作業が必要ですよ」

戸田船長は給油作業を指揮していた下士官より報告を受ける。確かに燃料は予想以上に減っている。

「聞いていた話よりも、ずっと多いな」

「命令を受けてから邂逅《かいこう》まで、日数がかかってましたから。直でこちらから連絡も入れられませんしね」

「そうだとしてもな」

油槽船の船長として、軍艦の燃料消費が予想よりも大きくなる理由は三つ考えられた。

一つは燃料が漏れている場合だが、それはいま考える必要はないだろう。目に見えるほど漏れていれば、大和でも気がつくだろうし、油槽船五号だってわからないはずがない。

そうなると理由は二つ。一つは機関部の調子がよくない場合。しかし、洋上補給の様子を見ているかぎり、戦艦大和に問題があるとは思えない。機関部に不調があるような船では、洋上補給はかなり難しくなる。

そうなると考えられるのは一つ。戦艦大和はなんらかの作戦行動により、高速運転を行っていたのだ。経済速力と比較して最大戦速ともなれば、燃料消費量は数倍に増加する。

戦艦大和が、どこで何をしてきたか。油槽船の船長である自分にはわからない。知らされることもないだろう。

ただ、この巨艦が最大速力で戦わねばならないような戦場を考えると、戸田船長はその場にいなくてよかったとも思うのだ。

2

油槽船五号は、戦時標準油槽船一号型の五番船であった。溶接構造を全面的に取り入れた油槽船であったが、一号型はこの五号で生産を終了していた。

それは一号型に問題があったからではない。国鉄が発案したコンテナが戦時下においても少なくない利点が認められたためだ。それは、当初の国鉄の想定さえも超えていた。

国鉄は当たり前だが鉄道輸送のことしか考えていなかったが、大本営では帝大教授らに分析させるなどして、コンテナが船舶輸送にこそ真価を発揮することを突き止めた。

そこで、戦時標準船の設計はコンテナ輸送を前提に組みかえられた。基本的な構造は踏襲しつつ、縦横深さがコンテナの整数倍の寸法となったのだ。

これに伴い、輸送船舶には必ずクレーンが装備されることとなった。

これが平時であれば、荷役作業を行う労働者から「仕事を奪う」と激しい抵抗を受けるところだったろう。しかし、日華事変《にっかじへん》から続く戦時体制の中で、荷役作業を行う労働者が応召されるなどしたため、慢性的な人手不足であった。

これはなかなか厄介な問題を含んでいた。表面的には人手不足だから、荷役作業が遅れると思われていた。戦場がすべて海外にある日本では、この荷役作業の遅れは前線将兵の命に関わる。

ところが、人手不足の内情を見てみると、労務構造は単純ではなかった。船主や船会社は軍や大企業からの発注を期限内に終わらせねばならず、人手が足りないので何をするかといえば、労賃をあげて他社から引き抜きを行った。

そのため荷役作業の公定価格は有名無実化し、急激な高騰を招いていた。結果として労働者側も労賃の高いほうに移動するため、荷役作業の労働者の定着率は低かった。

そして当然の帰結として、船舶の輸送料も高騰化する傾向を見せた。船舶輸送に関して、あらゆる部分で公定価格は有名無実化していたのである。

もっとも、これは荷役作業にかぎったことではなかった。産業界全体で労働力が不足しており、軍需産業でさえ（あるいは軍需産業だからこそ）熟練労働者の激しい引き抜き合戦が起こり、定着率は著《いちじる》しく低下していた。

航空機工場でさえ、無断欠勤が三割程度は珍しくなかった。ただし、この無断欠勤三割という数字にも若干のカラクリはある。

つまり熟練労働者たちは、複数の軍需工場に籍を置き、日ごとに工場を移動していたためだ。

だから、かけ持ちの労働者が多ければ多いほど、見かけの労働者数は増大し、無断欠勤も増えるという道理だ。

もっとも、根本的な問題は企業や工場における労働者の地位や待遇にもあった。

安定した社会的地位と月給制の会社員は、この時代に日本ではエリートである。労働者のほとんどが日給か週給制であり、保証らしい保証もなく、雇用側の都合でいつでも解雇できた。

だから「高い日当を要求して流動性が高い」のは、雇用の保障がないことと表裏一体であった。

戦時下のいまだから、人手不足で日当は高い。だが高い日当を要求する側は、雇用側は忘れていても、不況時には雇用もなく収入もないことを忘れていなかった。

この点で言えば、労働者の雇用環境の改善がなされれば、解決可能な問題でもあった。しかし、戦時下の日本ではそうした方向の施策はなされなかった。

当局は労働政策を改善するのではなく、船舶のコンテナ化という技術面の対策で問題の解決を図ったのである。

確かにコンテナ化により、船舶輸送の隘路《あいろ》は解決の糸口を見つけた。

その結果として、油槽船の建造も影響を受けることになる。四角いフレームの中に円筒形の石油タンクを組み込むコンテナが開発され、石油輸送に必ずしもタンカーは必要なくなったためだ。

前線の基地などでは石油タンクを建設するより、石油コンテナをトラック輸送してくれたほうが便利だという声もある。タンクとしては大きいから、ドラム缶輸送より効率的で扱いやすい。

なによりも油槽船などのタンカーは石油しか運べないが、コンテナなら石油もその他の物資も一緒に輸送できるという利点があった。

油槽船は建造されないが、それでも油槽船的な船形は建造された。油槽船のような形状は、コンテナを積み込む輸送船に向いているからだ。

一方で、油槽船五号のような船舶は建造されないが、休む暇なく動いていた。なぜなら艦艇の洋上補給には、こうした船舶が不可欠だからである。

3

「戦艦ウォースパイトを撃沈したらしいですぜ」

戸田船長が戦艦大和が何と戦ったのかを知ったのは、日本に戻ってからだった。海軍から派遣されて油槽船五号に乗り込んでいる下士官が、新聞を手に戻ってきたのだ。

傭船《ようせん》契約で乗り込んでくる海軍の下士官には居丈高《いたけだか》な人間が多いものだが、この吉田《よしだ》兵曹はそうした軍人とは無縁であった。

もっともコインの裏表で、吉田兵曹の振る舞いには軍人の規律としてどうなのだろうと、疑問に思うこともないではなかったが。

ただ油槽船五号にとっては、海軍側の人間が彼であることはありがたい。

海軍からの乗員によっては、変な使命感からか、ことさら危険な海域に船を向かわせようとしたり、明らかに敵が待ち伏せているらしいのに、上からの命令を遵守することしか考えず、計画変更を認めない奴も少なくないのだ。

「自分だって死にたくはないからね」

吉田兵曹はそう言ってのけるが、昨今、そんな人間と働けるのは幸運と言わざるを得ない。

「イギリス戦艦と撃ち合ったので、燃料消費が増えたと？」

「新聞記事だと砲戦は鎧袖一触《がいしゅういっしょく》だったようだから、敵艦が逃げないうちに現場へ向かうのに燃料を食ったということじゃないですかね」

「なるほどな」

戸田は傭船の船長だが、それでも各部隊に燃料を運ぶ（重油と一緒に航空機用燃料の石油コンテナを甲板に積み上げたこともある）関係で、色々な情報に接することも多い。

敵戦艦と大和が撃ち合って勝ちましたという記事にしても、その背景は複雑ではないかと憶測をたくましくしてしまう。

理由は、第一航空艦隊の真珠湾《しんじゅわん》での大戦果とマレー沖海戦にある。

この二つの海戦により、航空機で戦艦を撃沈できることが証明されてしまった。一方で、戦艦大和が戦艦ウォースパイトを撃沈させたのは、大艦巨砲主義が否定されたわけではないことの証明でもあった。

つまり日本海軍は、自分たちがあげた戦果のために未来図が描けないという皮肉な状況に陥《おちい》っていたのだ。

さらにマレー沖海戦では、新聞では軍機の関係で報じられないが、巡洋戦艦レパルスはじつは海軍の新型潜水艦で沈められたらしいとも聞いた。

それが本当なら、海軍は航空機、潜水艦、戦艦のそれぞれが敵戦艦を撃沈したことになる。海軍戦備は何を中心とすべきかはかなり難しい問題となるだろう。

これがアメリカであれば、三つとも同時進行で増産できるだろうが、日本にそんな国力はなく、どれか一つに傾注することは避けられない。

そして、この問題はそう簡単に結論が出せないともいう。航空機や潜水艦なら比較的短期間に戦力化できる。しかし、戦艦となると容易に量産はきかない。建造に三年、四年と時間がかかる戦艦では、竣工する前に戦争が終わっている可能性さえあるのだ。

当面の問題は、横須賀《よこすか》で建造中の戦艦信濃《しなの》をどうするかと、大和型戦艦の四番艦を建造するかという二点で、風当たりは強いという。

そうであるなら戦艦ウォースパイト撃沈も、昨今の情勢では素直には喜べまい。

「戦艦プリンス・オブ・ウェールズを撃沈したというならまだしも、旧式戦艦を撃沈するのに、日本の最新鋭戦艦を用いるのはどうなのか」という意見が出てくることは、容易に予想がつく。

「ところで次の任務ですが、クーパンへの輸送です」

吉田兵曹は書類を戸田船長に手渡す。

「クーパンというとチモール島か」

そこは蘭印《らんいん》やフィリピン防衛の要《かなめ》であり、陸攻を用いるなら、オーストラリアへの空襲も可能な要地である。

そこに物資を輸送するというのは当然といえば当然だが、タンカーを派遣するというのは解《げ》せなかった。

石油を輸送しても、現地に燃料タンクはあるのだろうか？　戦闘で破壊されているのではないのか？

「蘭印で石油を補給して移動か」

考えられるのはそれだ。南方から日本に運んだ石油を、また日本から南方に運ぶというのは非効率過ぎる。

書類には吉田の指示にしたがえとしか書かれていない。この点で、契約としてはかなり問題のある内容だと予想がつく。

「ええと、日本からは例のコンテナってんですか、あの鉄の箱を積み込みます。船が転覆しない程度に、三〇〇〇から四〇〇〇トン分」

「コンテナは直接トラックに積めるように二トンまでのはずだが、三〇〇〇トンにしても一五〇〇個のコンテナが必要だろう。そんなにあるのか、コンテナが？」

そんな戸田に吉田はこともなげに返した。

「ですから、トラックでは運ばないで、港に積み上げます。倉庫もないんでね。なのでコンテナ一つに四、五トン積み込みます。それなら六〇〇から七〇〇個でなんとかなります」

吉田によると、油槽船五号も甲板に梁《はり》を増設するなどして強度を上げる工事をするらしい。

油槽船は甲板が平たいのでコンテナを並べやすいという海軍の偉い人の発案だという。偉い人は思いつきを述べるだけだが、末端はそれを実現するために知恵を絞る。

良くも悪くも、末端の頑張りで偉い人の思いつきは具現化されてしまう。

急激に船舶輸送を席巻しつつあるコンテナという鉄の箱は、じつは国鉄ではなく戦艦大和から発明されたという説もある。

戦艦大和を開発するなかで、関係者が溶接可能な高張力鋼を開発し、それが艦艇用に量産され、単なる箱なのでコンテナも専用工場で量産されているという。

縦横長さの比が一対一対二なのも、凹凸のある一つの大きな鉄板を規格化して適《てき》宜《ぎ》切断している関係だという。

コンテナのおかげで、戦時標準船も「コンテナが載りさえすればいい」という極端に単純な船となったと聞いている。

戸田自身は、まだその戦時標準船を目にしたことはないが、話によれば油槽船五号が「複雑怪奇」に思えるほど単純な構造らしい。

古参の船乗りとしては不安を覚える話ではあるが、一方で、海外航路で欧米を知っている人間としては、日本が彼らと戦争をするならば、それくらい思い切った簡略化も必要だとも思う。

「で、ですね、コンテナをチモールまで運んで、そこから蘭印に寄って給油して、再びチモールです。そこから別命を待てです」

「チモールで石油タンクになれということか」

「さすが戸田さんは話が早い」

吉田にそう言われても嬉しくもない。

石油タンクが整備されていない場所に、洋上補給能力のあるタンカーが石油を満載して移動するのだ。石油タンクの代用として活用されると推測するには、子供程度の判断力で十分だ。

「石油タンク代わりに使われるのは、顧客である海軍さんが命じるならしたがうだけだが、洋上補給もできる油槽船を港にとめ置くのは無駄じゃないのか」

「海軍としては当面、艦隊決戦もないので、油槽船を石油タンクとして用いても大丈夫ってことのようですよ」

「そんなものなのか」

チモール島はもともと中立国であるポルトガルの領土であったが、戦争に伴いオーストラリア軍などが東チモールを占領する。そこを日本軍が占領し、ポルトガル政府はこうした自国領土の争奪戦に対して現状追認をするしかなかった。

その程度の知識はあったが、戸田船長がいざチモール島のクーパンに到着してみると、激戦の跡は明らかだった。

正確には、占領したチモール島を撤退した連合国軍は、島のインフラを徹底して破壊していた。

どうもマレー沖海戦やパリクパパン沖海戦において、日本海軍がイギリス海軍の戦艦三隻を撃沈したこと。特に戦艦ウォースパイトを鎧袖一触で沈めた日本海軍の新鋭戦艦の存在は、連合国軍を非情にしたらしい。

オーストラリア軍にしてみれば、新鋭戦艦を阻止できるだけの潜水艦もなければ航空隊もない。海軍力を支援してくれるはずのイギリス海軍もアメリカ海軍も、日本軍との戦闘で大打撃を受けている。

現時点で、日本軍機がオーストラリアを攻撃したり、潜水艦が陸上を襲撃してくる可能性はない。

だが、新鋭戦艦は違う。日本軍の侵攻を遅らせることができないならば、シドニーやブリスベーン、ケアンズ、クックタウンなどの港町は戦艦の砲撃による洗礼を受けるだろう。

だからこそ、彼らは日本軍の拠点となりかねないチモール島などの拠点を死守しようとし、それができないとなれば都市の破壊を徹底したのだ。

油槽船五号がチモールに入港した時、見えるのは瓦礫《がれき》だけだった。

戸田船長も、コンテナの数と船のバランスのためにそれぞれの重量は把握していたが、中身についてはわかっていなかった。軍機ということで、戸田もそんなものだと思っていた。

ただ、コンテナに詰めるだけ物資を詰めているのは間違いないようだったが、妙に軽いコンテナがあるのは気になっている。武器弾薬の類なら、二トン以下ということはないと思っていたからだ。

軽いコンテナを港に降ろしてわかったのは、中身は米や小麦粉、布の類であったことだ。それは広い意味での宣撫《せんぶ》工作の機材だった。

食料も住居も衣服もない現地の人間に日本軍が物資を提供することで、チモールの復興を円滑に行おうというのだ。

布の形で持ち込むのは、現地の人間の着衣を現地の人間に加工させることで、彼らの職を確保する意味もあるらしい。

そして戸田は、ここで輸送用のコンテナを住居に活用する人々を目にすることになった。

ビルや建物も爆破されたとなれば、雨風をしのぐには幕舎くらいしかない。そのなかで規格化され、気密性の高い鉄製のコンテナの価値は高い。

じっさいコンテナはすぐに並べられ、司令部施設などに転用された。それほどまでに撤退時の破壊が徹底していたということだ。

戦後数十年後に明らかになるのは、オーストラリア軍は日本軍の本土侵攻に備え、毒ガスの使用を検討していたという事実である。毒ガスも用意し、部隊も編成し、訓練も行った。

幸いにも毒ガスは実戦で使用されることはなかったが、訓練中に数十名のオーストラリア軍兵士が、毒ガスにより障害を負うこととなった。事が明らかになったのは、この件で元兵士たちが裁判を起こしたためだ。

「可能であれば、蘭印で使っていないコンテナを給油のついでに輸送してほしい」

戸田船長は、チモールを占領した陸戦隊司令部から、そうした要望さえ受けていた。

ただし、この要望はかなえられなかった。ほとんどの現地部隊がコンテナを住居や倉庫、時にはトーチカに転用していたからだ。

高張力綱はなかなか丈夫であるし、単純な鉄の箱なので、色々と応用がきくのである。しかも溶接可能なので、切断や結合もできる。

どうやら陸軍省や海軍省などからは、輸送用コンテナを現地で勝手に改造、流用するなというお達しも出ているらしいが、ほとんど守られていない。

なにしろ、これのおかげで疾病者数が激減しているという数字も出始めており、陸海軍中央もあまり強いことは言えないという事情もある。

なので現実的な解決策としては、輸送用コンテナの増産となる。

溶接可能な高張力綱を開発した舞鶴《まいづる》鉄工所は、海軍艦艇などの建造資材の供給のために高炉を増設したが、建設しても、おいそれと完成しないのが高炉である。

なので舞鶴鉄工所の吉田社長は、大手の製鉄メーカーに自分たちの特許を公開した。そうしなければ、急増する需要に間に合わないからだ。

輸送用コンテナを開発したのも舞鶴鉄工所であったが、彼らは自身ではコンテナを製造せず、ほかの大手に委《ゆだ》ねるという方針に変更した。

そのかわり、彼はコンテナの治具《じぐ》を専門に製造し始めた。その治具があれば、中小企業でも規格化されたコンテナ製造が可能なようにである。

彼の予測ではコンテナは急激に普及するはずだから、そのための治具を製造すれば、自社の能力でも需要をさばけるのと、他社は製造しないから高い利潤を期待できるという考えだ。

軍の仕事を請け負っていると、こんな裏事情まで入ってくる。

蘭印で給油を終えてチモールに帰還しても、甲板の上にはコンテナは一つしかない。回収できたのは、これ一つである。

戸田船長は「大本営から回収するよう命令が出ているから」と、やっと一つを回収できた。

もっとも大本営の命令は口実で、回収したコンテナは日本に持ち帰られることなく、チモールで転用される。ある意味、詐欺みたいな話だ。

さすがにチモールに戻ってそんな話はできないわけだが、陸戦隊長も油槽船五号がコンテナを満載して戻るようなことは期待していなかったらしく、「そうだろうなぁ」と述べるだけだった。

そうしてしばらく油槽船五号は、チモールの港に停泊するだけの日々が続く。

ただ、完全に港内で髀《ひ》肉《にく》の嘆《たん》をかこっていたわけではなかった。石油を必要とする地域は港以外にもあり、そこまで出向いて、適当な海岸近くで給油することもあった。

この点で石油タンク内蔵コンテナはなかなか便利で、漁船にそんなコンテナを二個も並べれば、当面、現場が必要な量の石油は確保できる。

もっとも、石油コンテナを積んだ漁船がどこに向かうのか、そこまでは彼らにも把握できなかった。海岸のトラックに積み込むのかもしれず、どこかの川を遡上《そじょう》する可能性もあった。

そうしたなかで、戸田船長はある命令を受け取った。

「潜水母艦卓鯨《たくげい》と邂逅し、給油されたし」

潜水母艦に洋上補給しろということだ。ただ、卓鯨なる艦名に心当たりはなかった。

「新造艦か」

そう考えるしかないだろう。最近は溶接が普及して、中小規模の艦艇は以前と比べかなり短期間で建造できると聞いた。

そもそも、この油槽船五号からしても軍の艦艇ではないにせよ、軍の傭船となるべく建造された船である。

海軍の船にしなかったのは、油槽船に関して陸軍との共同運用とかなんとか、色々と複雑な事情があるらしいのと、なんでもかんでも海軍の船にするのは予算面で難しいということのようだ。

陸戦隊司令部には話が通じているらしく、油槽船五号はチモールの港を抜けて外洋へと出た。

「潜水母艦というからには、やはり潜水艦に補給するわけですか」

一等航海士が戸田に尋ねる。

「第五〇潜水隊だそうだ。伊二〇一潜から二〇九潜までの面倒を見るらしい」

「潜水艦九隻ですか」

「あぁ、かなり戦果をあげている精鋭部隊らしい」

「しかし、精鋭にしてはあんまり名前を聞きませんが」

「潜水艦部隊が名前を知られてはまずいだろう」

そうは言っても、戸田も噂は耳にしていた。非常に高性能の新型潜水艦があり、それによる部隊が連合国を苦しめているという話だ。

嘘か本当か知らないが、巡洋戦艦レパルスを撃沈したのも、そうした潜水艦であるらしい。それが、どうやら第五〇潜水隊であるというのだ。

果たして自分たちは何と遭遇するのだろうか？

油槽船五号が最初に目にしたのは航空機だった。九九式艦偵が彼らの上空を旋回している。

上空警護なのか、かなり長時間、彼らを中心に飛行している。ただ油槽船は低速であり、艦偵は二回ほど別の機体と交代した。

ほかの乗員は漠然と上空警護としか見ていなかったが、戸田船長だけは気がついていた。

九九式艦偵とは、空母の艦載機ではなかったか？　自分たちは空母ではなく、潜水母艦と邂逅するのではなかったか？

その疑問は、潜水母艦卓鯨のシルエットを見てわかった。それはどう見ても、空母としか思えない艦型である。

もちろん一万トンに満たない艦艇で、よくよく見れば全通の飛行甲板以外は空母らしくない。

対空火器も機銃しかないし、逆に物資の積み下ろしに便利なように大きなクレーンがある。

接近してわかったが、戦闘機と艦偵の二種類しか搭載していないようだ。

後に聞いたところでは、対潜攻撃もできる九九式艦偵は一二機搭載されており、さらに防空用に零戦が八機積まれているという。

基本的に潜水母艦秀鯨《しゅうげい》の改良型で、船型としては油槽船五号と同じであるという。確かに全長も自分たちと大差ない。空母らしさをあまり感じなかったのはそのためか。

給油作業は思った以上に楽だった。もともと同型の船舶であるから、運動性などもあまり変わらない。舷側の高さも同じで、色々と便利だ。

しかもコンテナを運ぶため、どちらの船も標準でクレーンが装備されており、これもまた作業にはプラスになる。

空母のような形状をしていたが、潜水母艦卓鯨への給油作業は比較的短時間で終わった。当たり前だが、タンカーほど燃料タンクは多くない。

「同じ船でも、やはり戦艦大和などとはまるで違うな」

4

「ほとんど空母じゃないか」

伊号第二〇一潜水艦の立川《たちかわ》潜水艦長は、第五〇潜水隊の新しい潜水母艦にそんな印象を持った。日本で船体延長のために造修中の秀鯨も空母に似ていたが、卓鯨は全長が延長されているぶん、より空母的だ。

艦攻の搭載や雷撃こそ無理ではあるものの、艦載機数が二〇機というのは、もう立派に空母と言ってよかろう。

むろん、それは割り切った設計だから可能なのであり、空母としての運用を考えるなら制約は多い。

戦闘機や小型爆弾を搭載した艦偵なら発艦可能だが、商船攻撃や対潜攻撃以上の打撃力はない。そこはあくまでも潜水母艦なのである。

艦偵は周辺の敵潜水艦や船団を発見するためのものであり、戦闘機は偵察中の艦偵や母艦を敵機から守るためにある。だから、そもそも打撃戦力であることは期待されていないのだ。

それもあって艦載機を飛行甲板に並べ、格納庫に物資を収容するような運用もなされる。

設計時には輸送用コンテナなど考慮されていなかったが、いまはコンテナを活用することで、格納庫の機材倉庫化も柔軟にできるようになっていた。

その支援を受ける第五〇潜水隊も、いまは伊号第二〇一から二〇九までの九隻に増えていた。溶接構造を多用した水中高速潜水艦は海軍潜水艦の主力となりつつある。

すでに従来型の伊号潜水艦は完成間近のものを除いて新規には建造されておらず、潜水艦はこの水中高速潜水艦だけ量産されることになっていた。

水中高速潜水艦の中でも一番艦の二〇一潜だけは、戦艦大和建造の予算申請のための試作艦ということもあり、量産型とは色々と違っていたが、性能面では量産型に引けを取らなかった。

この時、伊号第二〇一と二〇三、二〇七の三隻が卓鯨と邂逅し、潜水艦の幹部たちが集められていた。本来は九隻が傘下にあるのだが、さすがに作戦中に九隻すべてが集結するのは非効率だし、危険すぎる。

さりとて一隻ずつではあまりにも非効率で、あいだをとって三隻ずつだ。直接の邂逅は暗号表の更新などの作業が必要なためだ。

「今回の作戦はポートモレスビーの交通遮断である」

第五〇潜水隊の波多野《はたの》大佐が、幹部全員を前に作戦室で説明した。黒板にはポートモレスビーの周辺海域を三重の哨戒線で封鎖する様子が描かれていた。

ポートモレスビーはラバウル防衛の最大の障害であり、米豪遮断作戦を実行する上で戦略上の要衝だった。

波多野大佐は最近になって潜水隊司令に着任した人物で、立川もあまり面識はなかった。ただ、それなりに野心家ではあるようだ。それが立川の印象だった。

「ポートモレスビーを封鎖するにあたって、卓鯨は何をするのか?」

立川はいささか挑発的に尋ねた。卓鯨が空母のような形状であるのは偵察機を運用し、周辺を偵察するためだ。

しかし、ポートモレスビー封鎖となると、敵の航空兵力の脅威も無視できない。つまり、卓鯨も相応に危険を覚悟しなければならない。

「もちろん偵察機を運用し、敵船団を発見するほか、可能であれば偵察機で攻撃を仕掛けることも躊躇《ちゅうちょ》しないつもりだ」

波多野大佐はそう断言した。それは暗に、自分も相応の危険を覚悟するので、君たちも覚悟せよと言っているようにも思われた。

それがために室内はざわついた。とは言え、危険な真似はやめろと言うものはいない。

「卓鯨そのものを護衛する戦力は?」

それはかなり遠まわしな安全に関する確認であった。ただ、現場の人間にとってはないがしろにはできない。

この護衛戦力の存在は、単独行動の潜水母艦と部隊行動を行う空母との最大の違いでもあった。

「それについては、第二五号型海防艦六隻が編組されることになっている。三〇、三二、三四、三六、三八、四〇の六隻だ」

それは波多野大佐の隠し玉だったのかもしれないが、それでも作戦室内に歓声があがる。

第二五号型海防艦とは、戦前に乙型《おつがた》海防艇と呼ばれていたものだ。海軍の類別標準の改定により海防艦は軍艦から一般の艦艇へと変更になった。

これに伴い乙型海防艇は一号型海防艦と改名されたが、第二五号からは、より量産性を向上させ、排水量をやや増大する改良がなされた。

手間のかかる曲線を廃して、可能なかぎり直線基調で建造できるようにしたのだ。

排水量は、それに伴って増やしたというより、増えてしまったというべきだろう。ただ兵装の追加は、よりやりやすくなった。

それが第五〇潜水隊に編組されるというのは重要なことだ。対空火器が劇的に強化されるだけでなく、対潜護衛も鉄壁となる。

むろん駆逐艦と比較すれば海防艦の能力は高くないが、対潜と対空護衛では十分な力を持っている。

なにより巧妙なのは、海防艦の艦長はほとんどが海軍大尉だ。だから、かなり強力な部隊にもかかわらず、大佐一人で母艦から潜水艦、海防艦までを切り盛りできる。

これは海軍将校、特に佐官級が不足している日本海軍にとっては重要な点だろう。

ただ、卓鯨がより空母的な艦艇になっていることを考えると、海防艦は必要だろう。着水した搭乗員の救助や離発着支援に支援船舶は必要だ。

「しかし、それだけ大きな規模の部隊となれば、敵艦隊も動き出すのではないか」

一人の幹部が言う。

なるほど、空母がポートモレスビーの目と鼻の先で活動しているとなれば、巡洋艦の一つが現れてもおかしくない。

「それはむしろ好都合ではないか」

波多野司令の言葉に再び、ざわめきが起こる。

「敵艦隊が現れたなら、諸君らが屠《ほふ》ればいいだけのことだ」

それもまた、考えようによっては挑発的な発言であった。しかし、潜水艦の幹部たちは、むしろその挑発的な発言を好意的に受け取った。

立川のように戦艦を撃沈した潜水艦長もいる。だから潜水艦の性能に問題はない。問題となるのは乗員の技量だけだ。

そして潜水艦の幹部たちは、大金星の立川潜水艦長に一目を置くものの、彼が幸運だっただけという思いも持っていた。

技量があることは前提としても、戦艦と遭遇するなど、そうそうあるものではない。世界に何隻の戦艦が存在しているというのか？　貨物船などとは数が違うのだ。

それだけにこの場の野心的な潜水艦乗りたちも、危険より自分たちの戦果に関心があるのだろう。

ただ立川潜水艦長は、波多野司令がそれなりの配慮もしている点に気がついていた。それはクーパンの航空隊とも連絡を取り、必要な支援を受けられるという約束を取りつけていることだ。

チモール島の航空隊には陸攻隊も含まれており、打撃戦力としては卓鯨の航空隊よりはるかに心強い。

こうして潜水艦部隊は再び部署についた。

5

「貨物船か」

立川潜水艦長がその船を発見したのは、深夜のことだ。貨物船にしてはかなりの速度を出していた。

「どう考えても計算が合いません。いまここにあの貨物船がいるなら、卓鯨の偵察機がとうの昔に発見しているはずですが」

航海長の指摘は、もっともだった。貨物船が発見されずにこの海域にいまいるのはおかしい。

さらに計算すれば、いまの速度なら夜明け前にポートモレスビーに到達可能だ。

「おそらく昼間はどこかの島嶼《とうしょ》で身をひそめ、夜間だけ移動するようなことを続けていたんじゃないか。そうやって夜間だけ前進して、ポートモレスビーに向かう。そうすれば、時間はかかるが潜水艦に沈められることはない」

立川潜水艦長は、この貨物船の行動をそう解釈した。これが正しいなら、興味深い結論が導かれる。

つまり、島嶼帯に隠れるのであれば、連合国軍にはポートモレスビーに対する船団編制はない。

船の回転率などから、船主が船団より独航船を好むのは万国共通だ。それに一国を支えるのではなく、ポートモレスビーという都市ひとつなら、独航船を切れ目なく送ることで維持できよう。

ただ、ニューギニアという大半がジャングルで覆《おお》われる島で都市を維持するためには、工業製品や消耗品の補給が欠かせないのも間違いない。

立川潜水艦長は、その高速貨物船に狙いをつける。貨物船は最短時間で移動しなければならないため、ジグザグも描かず真っ直ぐに航行していた。

それは雷撃にとってはむしろプラスだ。それに高速といっても商船の標準であり、軍艦よりはずっと遅い。軍艦を襲撃するための潜水艦には、商船の高速はさほど問題にはならない。

しかも独航船であるから、潜水艦が接近してもわからない。なおかつ、伊号第二〇一潜水艦は水中高速型であり、浮上せずとも敵貨物船の前にまわり込める。

すでに水雷長は魚雷射撃盤を調整している。

伊号第二〇一潜水艦には酸素魚雷も二本搭載されているが、それは主に軍艦用だ。

商船襲撃にはそういう高価な魚雷ではなく、より構造が単純で安価な電池魚雷が搭載されていた。

電池魚雷であって空気魚雷でないのは、航跡を嫌ったことと、量産の関係で電池魚雷の電池は、潜水艦の電池とセル単位で共通であったためだ。

だから理屈だけ言えば、どちらかの電池が使えなくなったら、セル単位で互換性があるから換装して対処できる。

現実にはそんなことはまずないわけだが、このレベルで共通化されていると運用面で都合がいいのだ。

今回も使用する魚雷は電池式だ。魚雷射撃盤は機械式計算機なので、魚雷の性能が異なれば計算の前提も異なる。だから魚雷により切り替えが必要となる。

そうしてすべての準備が整うと、いよいよ雷撃にかかる。

「放て！」

発射された魚雷は一本。それで問題ないはずだ。じじつ計算通りの時間で、大音響が潜水艦に届く。

命中したことで艦内では歓声が起こる。

そして、水雷長が魚雷発射管のハッチに赤いバツを描く。それは撃沈した船舶の数である。艦艇も複数あるが、一番多いのは商船だ。

「航海長、あの貨物船が隠れていた島嶼がわかるか？」

「暗くなってからあの速度で飛ばしていたとしたら、そして針路は変わらないとすれば、このあたりから来たことになりますか。いつ出発したかで、候補地は二箇所です」

そこには確かに小島が点在する場所がある。ただ下手をすれば座礁しかねない。

「満潮時に出発したとすれば、どっちだ？」

「本日の潮位を計算すれば……あっ、こっちですね。遠いほうです。満潮とともに出発したなら計算は合います。いまからここに向かえば……昼間ですが、満潮時に到着です」

「なら好都合だ」

そうして伊号二〇一潜水艦は、問題の島嶼に到着する。潮位が高いので潜水艦でも接近は可能だったが、水深の計測には慎重を期した。

「やはりいたぞ」

立川の読み通りだった。小さな島嶼に二隻も三隻も隠れられない。隠れられるのは一隻。ならば一隻移動したら、その穴にもう一隻が潜り込むはず。

貨物船は偽装網で船を覆っていたが、上は偽装できても正面は船のままだ。

「角度は浅いが静止目標だ。外しはしまい」

立川潜水艦長は雷撃を指示して、その貨物船に照準を合わせる。

この透明度の高い海なら、上空から自分たちの姿は見えているかもしれない。しかし、貨物船からはわかるまい。

雷撃は行われる。航跡のない電池魚雷だ。

しかし、貨物船の乗員たちは透明な海中を魚雷が接近してくるのを認めたのだろう。甲板上で慌《あわ》てている乗員が幾人もいたが、どうにもできない。

魚雷は命中し、貨物船は四散する。悪いことにいまは満潮時。浸水する貨物船が海中に没するだけの水深があった。

そうして貨物船は沈没する。半日ほどして甲板より上が海面に出たものの、脱出した乗員たちにはなんの慰めにもならなかった。

第2章　ゲリラ戦

1

米太平洋艦隊のニミッツ司令長官は、オーストラリア政府当局者からの訴えに頭を抱えていた。太平洋艦隊の再建でそれどころではないというのに、ポートモレスビーの防衛という深刻な問題を考えねばならなくなったためだ。

日本軍の潜水艦部隊によりポートモレスビーの海上輸送路は、ほぼ途絶していた。深夜に独航船を走らせるようなことをしてみたが、レーダーでも使っているのか、それらは発見され、撃沈されることが続いていた。

結果として、ポートモレスビーはラバウルなどへの攻撃ができず、日本軍機からの防戦一方だった。

しかも日本軍は信じられないことに、深夜に何度となく奇襲攻撃を仕掛けてきた。

一〇機程度の小型機が小さな爆弾を投下するという程度のものだが、空襲は空襲である。それにより港の倉庫が全焼するとなると笑いごとではすまない。

「それで、ひとつ気になることがあります」

報告を分析していたレイトン情報参謀が指摘する。

「日本軍機の奇襲ですが、襲撃時間にパターンがあります」

「パターンとは？」

「夜明けの一時間前には引き上げているのです。つまり、帰還時には朝になっている」

最初、ニミッツ司令長官はレイトンが何を問題としているのかわからなかった。基地に帰還する時に夜が明けていれば好都合なのは、いまさらな話だ。

「それが問題かね」

「陸上基地であれば、基地に照明を施しても所在は明らかですから、いまさら影響はない。出撃ならばまだしも秘匿《ひとく》する意味もありましょうが、帰還時ならばそこまでする必要はない」

「空母の存在を疑っているのか」

それ以外にニミッツも思いつかない。

確かに発艦なら飛行甲板を照らせばなんとかなるとしても、着艦は空母の位置なども確認せねばならず、周囲が明るくなければ危険だろう。

「空母部隊が活動しているという兆候をつかんでいるのか」

「無線通信では把握しておりません。ただ、潜水艦部隊の通信らしきものは傍受しております。あるいは、空母はいるが通信は別の艦艇に行わせ、自身の存在を秘匿している可能性もあります」

「日本の一航艦の六隻はどうなのだ？」

ニミッツは日本海軍の大型正規空母六隻の動向が気になる。その中で所在が把握できていないものがあれば、それがポートモレスビーを奇襲した空母なのか？

「六隻とも現在は日本におります。整備のためでしょう。思いますに、一航艦ではないはずです」

「なぜ、そう言えるのだ」

「大型正規空母を投入したのなら、もっと直接的な攻撃計画になったはずです。空母部隊の奇襲の後に日本軍部隊の上陸があってしかるべきでしょう。しかし、そのようなものはない。

つまり、彼らの戦力は限定的です。

そもそも正面からポートモレスビーを攻撃して占領できるだけの戦力を有しているのなら、潜水艦により交通遮断を行う必要はありません。

そうした作戦を実行するというのは、とりもなおさず戦力に限界があるからと考えられます」

「交通遮断とゲリラ的な空襲でポートモレスビーを疲弊させ、武力制圧する好機を待っているということか?」

「そう考えるのが無難かと」

ニミッツには、それはなかなか厄介な状況に思われた。

戦力的に限界があるというなら、それは軽空母の類だろう。ただ空母と潜水艦のチームで暴れられるのは、それが交通遮断に特化したとしても、否《いな》、特化するからこそ脅威となる。

むろん、大規模部隊を送って日本軍部隊を撃破することはできる。ただし、そのための準備には相応に時間が必要だ。こちらは真珠湾の傷も完全には癒《い》えていないのだ。

「とりあえずポートモレスビーの脅威を除くために、目に見える対策が必要かと思います」

「目に見える対策だと？」

「ここで我々が明確な動きを示さねば、オーストラリア政府やニュージーランド政府に対して、合衆国のプレゼンスを示すことができません。仮にそれがスタンドプレイであっても、部隊を動かす姿勢は必要です」

「スタンドプレイだと……」

　さすがにレイトンもそれは言い過ぎだと思ったのか、言葉を変える。

「プレゼンスの提示です。敵が軽空母で打撃力に限界があるとすれば、重巡相手なら攻撃を仕掛けてはこないでしょう。

　この空母が商船しか襲わないのも、軍艦を襲撃する能力がないからだと考えられます。ですから重巡が撃破に向かうとなれば、空母は後退し、潜水艦も不活発になる」

「とは言え、重巡を出すにしても護衛は必要だ」

「もちろんです。それは手配できるでしょう。あるいは高速部隊として、終始潜水艦の追随を許さないようにもできます」

「当面はそれで時間を稼ぐか」

重巡洋艦クインシーのチャールトン・バトラー艦長にとってヒッグス准将の指揮下に入るのは、ある種の運命的な再会であった。バトラーとヒッグスはアナポリスの士官学校で同期であったからだ。

卒業後、ほとんど会うことはなかったが、いまここで彼らは再会したのである。

「クインシーに駆逐艦六隻、貨物船四隻を伴う部隊だ」

ヒッグス准将は自身の部屋にバトラー艦長を招き、作戦概要を説明した。

「貨物船四隻をポートモレスビーに送り届けるのだが、正直、無駄な作戦だ」

「無駄？」

ヒッグス准将にバトラーは聞き返す。

「無駄だよ。そうは思わないか？　駆逐艦に巡洋艦、我々は高速艦隊なのだ。それなのに貨物船を伴うことで、速度は一〇ノット程度まで下がってしまう」

「高速商船と聞いているが？」

「高速といっても、商船としては速いというだけだ。軍艦と比べればはるかに遅い。

敵空母を撃破するためには速度こそが鍵だ。それが活かせないのが最大の問題だ」

「司令部は、どう考えているのだ」

「司令部というより国務省だ、問題は。オーストラリアに対して、アメリカの海軍力は信頼に値する。それを示すためにポートモレスビーまで貨物船をエスコートする。それが国務省の要求だ。ワシントンから話が来れば断れまい」

「ワシントンですか」

バトラー艦長も話がワシントンがらみと聞いて、思った以上にこれが厄介な任務であることに気がついた。

軍人なのだから、政治的なことは無視すればいい。そういう考えもできなくはないが、現実にはそう単純な話ではない。

単純でないというのは、ワシントンの要望が入ったことで、この作戦の本当の目的が不明確になったからだ。

つまり、敵軍の壊滅が目的なのか、船団の護衛が目的なのか、それがはっきりしない。だから軍人として政治的要素を無視しようにも、軍事作戦としての目的がはっきりしないのだ。

ワシントンの要望は船団護衛だとしても、ならば軍事的見地から船団護衛は無視しますとはいかないだろう。四隻の貨物船にも乗員は乗っているのだ。

「現実的な作戦は、船団をポートモレスビーに送り届けてから、身軽になって敵空母を攻撃するですか？」

　バトラーはそんな考えを旧友に示す。

「論理的に考えるなら、そういうことになるだろう。ただ、はっきり言って我々にイニシアチブはない。こちらがどう動くかは、我々ではなく敵が決める。

　現状は、相手の攻め方にこちらが対応するよりない。ワシントンの思惑も何も、あちらは斟酌《しんしゃく》してくれまい」

「確かにそうですな」

「問題はまだある」

　ヒッグスは言う。

「やはりワシントンがらみですか」

「いや、それとは違う。ある意味、もっと本質的なところだ」

「本質というと？」

「商船の船員たちの意識だ。どうも彼らには戦時下という認識が薄い。規律にしたがうという意識が乏《とぼ》しいのだ。我々が護衛しているからこそ、規律を乱しても安心だという不心得者もいないではない」

「そんな奴がいるんですか？」

「戦争で船員の質も下がってきたということさ。海軍も拡張したために指揮官が足りない。護衛艦艇の艦長には技量優秀な商船の船長を招集し、訓練して補充しなければならん。

いきおい、まだ船長になる準備ができていないような連中が船長になる。乗員を束《たば》ねられる力量も彼らにはない。しかし、それでも乗員を束ねねばならない。そんな船長の中には、わざと規則を破って自分の豪胆さを部下に見せつけようとする類の者もいる。

ある意味、誰よりも規律を知っているからこそ、規律を破るのだとも言える。つまり、小心者なのだ」

「辛辣《しんらつ》だな」

「現実さ。我々が商船を守るということは、そんな連中の見せかけの豪胆さを助けるようなものでもあるのだ。とは言え、ポートモレスビーは物資を必要としている。それもまた、まぎれもない事実だ」

じっさいのところ、ヒッグス准将が問題をどう考えているかは、部隊の陣形でバトラー艦長にはわかる気がした。

彼は貨物船を縦横二隻ずつに配置し、その両脇を三隻ずつの駆逐艦で固め、巡洋艦クインシーが先頭についた。貨物船が横方向に晒《さら》す面積を縮小し、かつ船団の運動に支障がないようにしたのだ。

横面積だけ言えば貨物船を横一列に並べるのだが、さすがにそれでは、針路変更に難がある。貨物船がすべて同型で揃っているならいいが、寄せ集めの貨物船にそれは期待できない。

万全を期そうとするなら、スクリューの回転軸ごとの速度特性や旋回半径などの癖を数値として把握し、四隻すべてが同一運動をできるように調整しなければならない。

さすがに艦隊司令部もその程度の調整はしてくれたようで、船団は運動に関して不安はなかった。

とは言え、これら四隻に武装は一切施されていなかった。そこまでの時間もなかっただろうし、数千トンの貨物船に一丁、二丁の機関銃が増えたところでほとんど意味がない。

重巡洋艦クインシーが先頭を進むのは、本艦がレーダーを搭載しているためでもあった。空母部隊が相手なら、対空レーダーは不可欠だ。

「レーダーに反応があります」

「小型機です。ポートモレスビーに比較的近づいた時、レーダーに反応があった。

「小型機です。ポートモレスビーの哨戒飛行スケジュールに該当機はありません」

レーダー手の報告から、それが敵空母の偵察機なのは間違いないだろう。

敵の偵察機はなかなか巧みな航路を飛んでいた。

ポートモレスビーには近いが、そこから迎撃機が飛ぶには、やや遠い。哨戒エリアに獲物がいれば警告できるが、それらが偵察機のことを報告し、ポートモレスビーから迎撃機が出る頃には偵察機は逃げ切る時間がある。

ただそうであるとすれば、日本軍はレーダーを実用化していないか、少なくとも空母部隊は持っていない。

レーダーがあるなら、こうした作戦は立てないし、彼らもレーダーをもっと積極的に使うだろう。

「敵は我々と接触するのか？」

「現在の位置関係ですと、敵機は我々に気がつかないまま前方を通過します」

バトラー艦長は一瞬迷う。下手に針路変更を行って混乱するより、発見されないというなら、このまま進むか。

「現状維持でいいだろう」

　ヒッグス准将は即答する。

「敵機は、まず我々を発見しないだろう。仮に発見できたとしたら、我々に接近してくるはずだ。ならば、その偵察機は断固として撃墜する。

　それでも敵は攻撃隊を送り込んでくるだろう。だが、それが敵の命取りになる。我々はポートモレスビーの航空隊の支援により敵空母部隊を撃破する。

　敵が軽空母なら、二次攻撃隊は出ないだろう。戦力的にその余裕はない。

　そして、偵察機と攻撃隊により敵空母の方位がわかり、発見から攻撃までの時間差で距離の予測もつく。方位と距離、この二つがわかれば、敵空母の居場所もわかるではないか」

　そこまでうまくいくだろうか？　バトラー艦長は疑問だった。しかし理屈は通る。

　そうして彼らはレーダー室からの報告を待つ。敵機は接近するのか、このまま通り過ぎるのか？

「敵機、レーダーから反応が消えました」

　ヒッグス准将の勇ましい計画は、敵機が自分たちに気がつかないという予想外の現実の前に潰《つい》えた。

「まぁ、戦闘など皆が思うほど頻繁には起きないさ」

ヒッグス准将は、そううそぶいた。

3

潜水母艦卓鯨の偵察機は、敵部隊を発見できないまま予定地点で折り返す。通信隊によれば、なんらかの敵部隊が活動している兆候があるらしい。そのため哨戒飛行を密にしていたのだが、どうも発見できていない。発見さえできれば、対応策はあるのだが。

「あれ、なんだ?」

それを見つけたのは航法員だった。

「どうした?」

操縦員の機長が伝声管で問いかける。

「左舷です。水鳥が集まってますよ。こんな場所でなぜでしょうか」

「なんだと……」

機長は偵察機の高度を下げる。確かに水鳥が海面に飛び込んで魚を捕まえているように見える。

だが、見えたのはそれだけではなかった。海面に残飯らしきものが浮かんでいる。

「これは船から捨てられた残飯だ。しかも、つい最近のものだ」

それには航法員も驚いた。敵に発見されるから、残飯を不用意に捨てないというのは海兵団で教えるレベルの基本ではないか。

「米軍艦でしょうか」

「海軍艦艇ならディスポーザーを使って刻んでから捨てるだろう。その程度のこともしないというのは、商船なんじゃないか」

「商船でも残飯の捨て方くらい注意しそうですが」

「船長の中には規則なんかどうでもいいって奴はいる。日本だけじゃなくて、アメリカにもそんな奴がいるんだろう」

「だとすると？」

「最初にこの辺を飛んだ時には、あんな残飯はなかった。折り返して戻ってきたら、残飯が捨てられていた。その時間差で、ここを通過した船がいるということだ」

「どっちに行ったんでしょう？」

「ポートモレスビーに決まっている！」

4

この時、潜水母艦卓鯨より敵船団に対して即応できる潜水艦は、伊号第二〇一潜水艦だけだった。

潜水艦の艦長たちは比較的哨戒線の外側で船団を待ち伏せていた。そのため潜水艦と潜水艦の間隔が開いてしまい、気がつかないうちに哨戒線に穴があいていたのである。

立川潜水艦長だけがポートモレスビーに接近する方向で部署についていた。

この哨戒線の穴についてはあとあと問題になるのだが、ともかくこの時は伊号第二〇一潜水艦しか重巡洋艦クインシー率いる船団を捕捉できるものはいなかった。

立川潜水艦長は卓鯨からの情報に正直驚いていた。偵察機も飛んでいて、ほかの潜水艦も哨戒線を構築しているのに、どうしてここまで発見できなかったのだろうか？

立川がポートモレスビー寄りで位置についているのには、万が一の撃ち漏らしを警戒してと、友軍部隊が発見した敵部隊を挟撃するという意図があった。

しかし、現状ではどう考えても友軍が追躡《ついじょう》しているとは思えない。偵察機の報告した領域ではじめて船団が発見されたのなら、ほかの潜水艦には手が出せない。

偵察機の怠慢とは、立川は考えない。卓鯨の乗員の士気は高い。立川の知っている範囲でだが、誰もが闘志をみなぎらせていた。

だから、敵がここまで前進できたのは、結果責任から言えば、卓鯨の落ち度になるとしても怠業などではない。なにかの仕組みに問題があるのだ。敵はそれを突いてきた。

「しかし、どうも敵部隊はわかりませんな」

先任である水雷長は卓鯨からの情報に首をひねる。

「何がおかしいのだ、先任」

「敵船団を発見できたのは、海面に不用意に残飯が投棄されていたからです。それは船乗りとしては初級のミスです。

そんな連中なのに我々の警戒網の隙《すき》をついてきた。どうも一貫性が感じられないのですが」

「一貫性か……」

確かに指摘されてみれば、もっともな話である。指揮官は有能だが、末端まで規律が行き届いていないのか？

「先任の考え通りなら、敵の指揮官が有能でも末端で足をすくわれそうだな」

立川潜水艦長は外洋ではなく、あえてポートモレスビー寄りに網を張った。敵の指揮官も部下たちも、日本軍を出し抜いたと安堵しているだろう。だからこそ、ポートモレスビーと指呼《しこ》の距離での襲撃がきいてくる。予想外の攻撃に敵はミスを犯すはず。

夜が明けかける頃に、立川潜水艦長らは標的となる船団を目視確認できた。潜航中で、潜望鏡によるものだったが間違いない。さすがに彼も、ポートモレスビーの目と鼻の先で浮上しながら獲物を待つほど豪胆ではない。

「巡洋艦一、駆逐艦六、貨物船四か」

おそらく軍艦はこちらを出し抜いたが、商船である貨物船が不用意に残飯を捨てたのか。

立川潜水艦長が、危険を冒《おか》してあえてポートモレスビー近海で活動するのは、その海底の特性を把握するためだ。

近海で襲撃するならば、必ず反撃を受ける。その場合に、どこに進み、どこを移動すれば危機を脱することができるか。それを事前に把握しようというわけだ。

これがうまくいけば、僚艦もポートモレスビー近海で自由に活動できる。交通破壊戦も、より効果的にできるという理屈である。

とは言え、理屈は理屈。本当にうまくいくのかは、実戦で証明するよりない。

「何を攻撃します、潜艦長」

「酸素魚雷で重巡だ」

立川潜水艦長に迷いはない。彼は自分の考えを水雷長に伝える。

「サーカスですな」

水雷長は言う。

「戦果をあげるには軽業《かるわざ》の一つもできないとな」

「違いない」

そうして伊第二〇一潜水艦は襲撃準備にかかった。

5

「無事に物資を輸送できたな」

ヒッグス准将は上機嫌だった。

すでにポートモレスビーは視界の中にある。日本軍機もあれからレーダーでも察知されていない。

「さて、この四隻を送り届けたら、こっちは敵空母を撃破する仕事にかかるぞ」

ヒッグス准将にとって、四隻の貨物船は負債のような存在であったらしい。

船団はここで単縦陣に転換する。ポートモレスビーの水道から港内に入るためだ。

ポートモレスビーの港は入口に小島があり、そこの砲台に守られるなど、防衛は堅固であった。

先頭を進む巡洋艦クインシーに不安はなかった。二発の酸素魚雷が命中するまでは。

その少し前、ソナー手は水中でディーゼル音を感知していた。しかし、周辺は浅深度で雑音が多いことと、なによりもポートモレスビーが見える距離なので、その音を特に報告することもなかった。

だから、雷撃は完全な奇襲だった。

重巡洋艦に続けざまに二度の衝撃が走る。

「触雷した！」

バトラー艦長もヒッグス准将も衝撃を受けた時、それを雷撃とは考えなかった。こんな場所に潜水艦がいるはずがないからだ。

それよりもポートモレスビーが敵潜避けに機雷堰を構築し、それに自分たちが接触したと考えた。そのほうがよほどあり得ることだ。

ヒッグス准将は、すぐに隷下の艦船に「機雷に警戒せよ！」と注意を喚起する。それは必ずしも誤った判断ではなかったが、船団にとっては致命傷となる命令だった。

機雷に注意ということは、潜水艦への警戒はしなくてよいということだからだ。浸水しつつある巡洋艦へ救援のために駆逐艦が接近するが、それが再び爆発してしまう。機雷堰という先入観から、後続の艦船はこの二隻に接近できない。接近すれば触雷するからだ。

しかし、状況はヒッグス准将が考える以上に悪かった。つまり、巡洋艦と駆逐艦により水道をふさぐ形になった。

船団は進退極まった。ここで貨物船の一隻が単独行動を起こした。ところが、ほどなくしてこれが爆発してしまう。雷撃であったのだが、この段階でも彼らは触雷を疑わなかった。

ポートモレスビーの港湾当局とヒッグス准将の連絡は円滑にできない。結局、彼はランチで別の駆逐艦に移動し、そこではじめて連絡を取ることができた。

そして、機雷堰などないことをはじめて知らされる。その頃には、静止状態の貨物船四隻はすべて雷撃されていた。

ここでようやく敵潜水艦への反撃が命令されるが、すでに手遅れだった。駆逐艦は撃破された貨物船の救援にもあたらねばならず、浅深度ではソナーも効果が出せない。

なおかつ、彼らは立川潜水艦長が足でかせいだような海底のデータを持っていない。さらに襲撃された状況から、敵潜水艦は水中を二〇ノット以上の高速で移動してでもいないかぎり、こんなに何隻も仕留められるはずがなかった。

結果として一隻、二隻の駆逐艦が動きまわるだけで、どこに焦点を合わせればいいのかもわからないまま、潜水艦を仕留めることはできなかった。

6

「オッカムの剃刀《かみそり》です」

レイトン情報参謀は言う。

「ポートモレスビーで起きたことの背景は単純です。日本軍が深夜に潜水艦で接近し、密かに機雷を敷設した。だから機雷堰は存在した。オーストラリア軍ではなく、日本軍により設置された」

「船団壊滅の責任はオーストラリア軍にあるというのか」

「軍事的には、そうなります。少なくとも船団はポートモレスビーまでは無事に航行していた。だが、ポートモレスビーで彼らは壊滅した。ただし、彼らがそれで納得するかどうかは別問題です。

彼らからすれば、物資の揚陸までしてはじめて船団護衛の成功です。理由はどうあれ、それに失敗した以上は我々の落ち度です」

「理不尽な話だな」

とは言え、そもそも戦争という状況が理不尽なものであり、大きな理不尽の中で小さな理不尽があるのは避けられまい。

そして、問題はなかなか厄介だ。オーストラリア政府がポートモレスビーの放棄を決定すれば、戦局はますます混迷することになる。オーストラリア政府にそうした決定をさせないためにも、ポートモレスビーの安全を目に見える形で保証する必要がある。

「今回の作戦が失敗した理由としては、哨戒能力の低さがあります。ポートモレスビーに哨戒艇を配備し、機雷敷設を許さないようにする。防潜網などの充実で湾内への侵入は阻止できます」

「哨戒艇か」

「船団護衛用のコルベットを二隻ほど送れば、当座は大丈夫でしょう。貨物船も一隻伴えば、その物資で時間稼ぎは可能です。それで当座はしのげるでしょう」

「当座はというが、その先は？」

「まずは問題の敵空母の撃破です。目に見える大きな戦果と言えば空母撃破です。それが軽空母でも改造空母でも構わない。空母は空母です」

「それはいいが、その空母をどう料理するというのだ？」

「オーストラリアのヨーク岬にレーダーを設置し、クックタウンから哨戒機を出させます。さらにポートモレスビーからも。

　敵はレーダーの存在には気がつかないでしょう。こちらの哨戒機が飛ぶエリアだけを避ける。その哨戒機が飛ばないエリアこそ、レーダーが常時監視できるエリアにほかなりません」

「日本軍空母が哨戒機を避けるなら、否応《いやおう》なくレーダーの管理エリアに入ってくるわけか」

「そうなれば、航空攻撃で敵空母は撃破できます」

7

「どうも気に入らんな」

卓鯨の作戦室で波多野大佐は状況に苛立《いらだ》っていた。

伊号第二〇一潜水艦により多数の商船や巡洋艦、駆逐艦が撃破された。それは大成果であったのだが、それ以降の戦果がない。というよりある意味で、その大戦果が連合国軍を刺激した印象さえある。

ポートモレスビーでは哨戒艇の増援があり、防潜網も完備した。このどさくさで貨物船の一隻か二隻の通過も許していた。

そして、連合国軍はクックタウンとポートモレスビーの哨戒飛行を強化してきた。

それは潜水艦というより、卓鯨を意識したものに思われた。しかし軍事的に考えるなら、すべてが理にかなっている。

ただこの状況に、波多野大佐は適当な打開策を立てられない。

幸いにも卓鯨の偵察機が先に敵機を発見しているため、卓鯨そのものが発見されるには至っていない。しかし、敵の哨戒機が活動していない海域に移動してみると、狭い領域に閉じ込められたという思いは消えない。

波多野司令はとりあえず、潜水艦部隊には当面接近しないように命じている。

「罠《わな》にはまってしまったか」

彼は先任参謀にそう漏らす。

「罠ですか」

「知らぬ間に我々は行動範囲を狭められてしまった。これは罠ではないか」

しかし、先任参謀はやや違った視点で状況を見ていた。

「敵は我々をなんだと思っているのでしょう？」

「なんだとは？」

「ここまで手間をかけて我々を罠にかけるとして、それは敵にとって我々がそうした存在であるからでしょう。ある程度は予想し、期待もした部分ですが、敵は我々を空母と考えているのでは」

「空母と考えているか……あり得ることではあるな」

船舶やポートモレスビーへの奇襲攻撃を、彼らは何度も仕掛けている。航空攻撃を受けたことは敵も意識してるわけだ。なればこそ、我らを空母と考えていても不思議はない。

「過日の伊二〇一潜の大戦果も、貨物船四隻に巡洋艦、駆逐艦あわせて七隻とは大げさすぎる」

先任参謀の考えは、波多野司令にはなかったものだ。

「つまり船団護衛は偽装で、高速艦隊が我々を撃破すべく出動したが、運悪く伊二〇一潜に撃破されたというのか」

「そう考えるのが自然でしょう」

「そして、その高速艦隊が意に反して全滅したことで、新たな方策を講じたのか」

波多野司令には、その考えの結論は明快だった。

水上艦艇で失敗したとなれば、次の手は潜水艦か航空機だが、自分たちがいる位置が敵の爆撃機の活動範囲内ということは、まず間違いなく敵は空からやって来る。

現状、潜水艦六隻に戦闘機は八機だ。身を守ることに徹するなら、敵戦力にもよるがなんとかなるだろう。ただし、最初の攻撃には耐えられても二回目はわからない。

ただ敵に攻撃されるとしたら、いまさら敵の哨戒機を心配することもない。逃げ切ってやるだけだ。

おそらく敵空母は、近海にはいないはずだ。いればこんな手間はかけるまい。陸上機であれば、夜まで生き延びれば、こちらにも勝機はある。

波多野司令はそんな考えを先任参謀に述べる。

「九九式艦偵も迎撃に出しましょう」

「艦偵をか？」

波多野大佐には、先任参謀の意見は意外だった。艦偵は爆撃をできるとしても、迎撃戦闘機ではない。

「敵が重爆で攻撃を仕掛けてくるという前提ですが、それならば艦偵でも運動性能に大きな違いはないはずです」

先任参謀はかなり無茶なアイデアを告げる。波多野大佐もそのアイデアを非常識に感じたが、いまは使えるものはなんでも使わねばならないのも事実だ。

そして、参謀のアイデアは実現可能なものだった。色々と条件は必要だが不可能ではない。

「やってみるか。ここではラバウルからの支援は期待できないからな」

ケアンズからの攻撃隊はＢ17が二〇機となった。日本空母は気がついていないのと、空母一隻と護衛駆逐艦六隻程度ならそれで十分と考えられたためだ。

ポートモレスビーからは出撃しないこととなった。ケアンズからの戦力で十分なのと、米太平洋艦隊から米陸軍航空隊への協力要請というだけでも面倒なのに、さらにオーストラリア軍が関わるのは煩雑《はんざつ》であり、現地の燃料準備なども配慮してだ。

護衛戦闘機はなかったが、それは距離を考えれば致し方ない。ただ敵戦力はかぎられているし、Ｂ17は頑強な爆撃機であるので、大きな問題にはならないだろうというのが当局の判断だ。じっさい不安を感じている将兵はいなかった。

8

出撃は夜間に行われた。

照明を灯《とも》した基地から夜間に出撃する。レーダーで敵空母部隊の所在はわかっているから現場で朝となり、爆撃を行うという算段だ。

すべてが順調だった。天候も問題なく、機体も快調である。

そうして陸地を抜け、海面に出て敵部隊へと向かう。ヨーク岬のレーダー基地は、敵部隊に変化がないことを告げている。

　さすがに哨戒機は飛ばすようだが、まぁ、それも計算内のことである。

　敵空母まであとわずかというところで、レーダー基地から一報が入る。

「機長、どうやら気取られたようです。敵空母からお迎えが出たとか」

「よし。手のあいているもの、戦闘配置だ！」

　機長は迎撃機が出ているらしいという報告に緊張はしたが、それは折り込み済みの脅威である。直掩機《ちょくえんき》だって飛ばすだろうし、完全なる奇襲は望めまい。

　ただ、我々がここまで接近したからには、敵が迎撃を準備しても十分な態勢はとれないはずだ。

「敵の哨戒機！」

　三時方向に黒点が見えた。よくわからないが、あれが自分たちを発見したようだ。

　それはB17に恐れをなしたのか、すぐに雲の中に隠れてしまった。

　そうして雲間に敵の空母の姿が見えるかという時に敵戦闘機が迫ってきた。

「素人《しろうと》なのか？」

　爆撃隊の隊長は、接近する戦闘機隊にそんな印象を受けた。

　普通は戦闘機が爆撃機を襲撃するなら、上から襲撃してくるものだ。しかし、日本軍の戦闘機隊は一〇機にも満たず、しかも下から襲撃してくる。

「出撃が間に合わなかったか」

そういうことだろう。奇襲を受けてから空母を発艦しても、十分な高度には到達できない。だから下からの攻撃になる。

その読みが当たっているのかどうなのか、戦闘機隊は下からの攻撃を続けている。

これで悲鳴をあげたのは、下方にある球形銃座の人間だ。何度も何度も戦闘機が自分を狙っているように迫ってくるのだ。

じっさい、いくつかの球形銃座は零戦により撃ち抜かれてしまった。

ただ、零戦の襲撃で大破したB17はなかった。二〇機のB17に対して八機の零戦では、弾は当たっても撃墜にはそう簡単には至らない。

しかし、まったく予想外のことが起きた。近くで何かが爆発したと思ったら、B17爆撃機の主翼が吹き飛ばされたり、胴体が粉砕される機体が続出したのだ。

「何が起きた！」

雲間から上空を見ると、例の偵察機しか見えない。しかし、その数は一〇機ほどいる。それらは自分たちの直上を飛んでいたが、それだけだとしか思えない。

だが、ほぼ同時に七機のB17爆撃機が爆散した。高角砲弾が直撃したか何か、その類のことが起きたのだ。

爆撃隊の隊長機も爆撃機の一機であったため、次席指揮官が事態を収拾するのには時間がかかった。

その間に今度は零戦隊が急に上昇を開始し、上空から機銃掃射をかけてきた。僚機が次々と撃墜されたばかりであり、迎撃する側もすぐには対応できなかった。

そのため二機のＢ17爆撃機が撃墜されるに至った。

次席指揮官は、それでも爆撃は行った。彼は敵の高角砲が問題と考え、残存機を散開させた。

これは功を奏したのか、それ以上、友軍機が撃墜されることはなかった。しかし、爆撃隊も虚《むな》しく爆弾を投下するだけで、日本艦隊になにひとつ損失を与えないままで終わった。

こうしてＢ17爆撃隊の攻撃は終わった。二〇機中の九機を失ったまま。

9

「一〇機が仕掛けて七機撃墜か」

波多野大佐は、参謀の発案がここまで成功するとは思ってもいなかった。

その発想は驚くべきものであった。艦偵に小型爆弾を投下する能力はあったが、密集するB17爆撃隊の上空を飛行し、爆弾を投下してそれらを撃破しようというのだから。

常識で考えれば、こんなものが成功するはずはない。それは当然ながら参謀も理解していた。

「ですから連携水雷のような構造にするのです」

「連携水雷だと?」

連携水雷とは、昭和初期まで日本海軍が研究していた兵器である。小さな機雷をいくつもワイヤーで連結するというものだった。

戦闘となったら、駆逐艦などが連携水雷を敵艦の正面を横切る形で展開する。敵艦の艦首が展開されたワイヤーを引きずれば、連なる機雷が次々と起爆するという原理である。

じっさいには敵艦の正面を横切るとか、展開のタイミングの難しさから実用的ではないとされ、それ以上の研究が行われることはなかった。

それを参謀は思い出したのだ。つまり、艦偵の小型爆弾をケーブルで結び、爆撃機の上で投下する。

爆弾が直撃することはまず期待できないが、ワイヤーのどれかが接触することは期待できよう。それが爆撃機と接触すればワイヤーに張力がかかるので、信管にも細工して小型爆弾を起爆できる。

爆弾は直撃ではないが、ワイヤーの長さ以上は離れていない。起爆する遠近の差はあるが、ならせばワイヤーの長さの半分の距離で起爆することになる。

小型爆弾といえども高角砲弾よりはずっと火薬の量も多いから、至近距離で起爆すれば、爆撃機でも無事ではすまない。

それでも命中率を上げるために、艦偵はB17爆撃隊の直上を同じ速度、同じ針路で移動し、下で展開される空戦の曳光弾《えいこうだん》の動きなどから気流の速度を補正していた。

零戦隊があえて不利を承知で下からの爆撃を繰り返していたのは、敵機の注意を上ではなく下に向けるためである。

こうした積み重ねが功を奏して、ワイヤーで連携した爆弾は敵機を七機も撃墜した。

爆弾の投下タイミングが同じなので、瞬時に七機が爆発したならば、部隊が疑心暗鬼に襲われるのは間違いない。ともかくこの奇策は成功した。

「いますぐクーパンへ向かいましょう」

参謀が主張する。

「おそらく数時間以内に第二波が送られてくるでしょう。それまで可能なかぎり、ここを離れるべきです」

「同じ手は食わないか」

「おそらく」

波多野大佐も先ほどの大戦果から、もう一度、同じ方法で攻撃したいとの思いはある。

しかし敵も馬鹿ではないから、同じ手段が二度、通用するかどうかは疑問である。通用すればいいが、通用しなかったら悲劇だ。

たとえば、敵が戦闘機を伴ったなら状況は激変する。そしてポートモレスビーなら、短時間ながらこの距離なら行動可能だ。

それに現実問題として、同じ手段をもう一度することが卓鯨にはできなかった。ここまでのゲリラ戦で、すでに小型爆弾の在庫がない。補給しなければ残された爆弾は四、五個なのだ。

つまり、いまの卓鯨には二度目の重爆部隊の攻撃を撃退する力はない。少なくとも爆弾では。

「爆弾ではありませんが、やりようはあるかもしれません」

参謀はどうやら、爆弾が使えない場合についても考えていたらしい。

「艦偵には写真機を設置するため、胴体下部に開口部があります。そこに二〇ミリ機銃を設置して、上から眼下の重爆部隊を銃撃することはできるかもしれません」

「二〇ミリ機銃……潜水艦用のか！」

伊号第二〇一潜水艦は、水中高速潜水艦のため対空火器や備砲などはなかった。備砲はまだしも、最近の趨勢《すうせい》では対空火器がないことは問題とされていた。

そこで司令塔に銃架が据え付けられ、緊急時には艦内に収納した二〇ミリ機銃を設置できるようになっていた。それは後日装備の機材であったが、在庫は卓鯨にも積まれている。

もともと対空火力の弱い潜水母艦であるため、本艦にも臨時に使えるよう簡易銃架が設置されていたほどだ。参謀はそれを転用するというのである。

「銃架は固定するしかないでしょうが、それなら改造は短時間で可能です」

「偵察員が多忙になってしまうな」

それだけではなく、重量軽減のため本来の固有兵装である後部席の七・七ミリ機銃は下ろす必要があった。空間的に機銃二基は無理だからだ。

波多野大佐は迷ったが、結局、その改造案を受け入れた。そもそも卓鯨を空母的に運用するという構想そのものに大きな無理があったのだ。

その無理を通すためには、この程度の無理な改造も仕方あるまい。

そして大局的に見て、敵が自分たちを空母だと思って戦力を投入することは、日本軍のほかの戦線への圧力を軽減することになる。

そういう意味では、卓鯨を敵が空母と誤認している状況は大きな収穫と言える。一方でそれは、現場の将兵には空母並みの労苦を求めることでもあった。

第二次攻撃はあるのか？　その答えは、一機のカタリナ飛行艇が教えてくれた。それはオーストラリア軍の飛行艇であったから、ポートモレスビーから飛んできたのだろう。

飛行艇は卓鯨の周辺を旋回するが、迎撃にあたった零戦により撃墜される。撃墜するのではなく追い払うだけのつもりだったが、飛行艇側が反撃してきたために空戦となり、撃墜されたのだ。

こうして飛行艇は撃墜されたが、卓鯨と海防艦六隻の所在は明らかになってしまった。

「飛行艇が報告し、攻撃隊が出動し、ここに到着するまで最大で三時間ですか。ケアンズからはポートモレスビーより距離があるので、考えなくていいでしょう」

「第二波を準備しているか、あるいは第一波を撃破してから第二波を編成するかで違うが、おそらく次の攻撃を乗り切れば我々は逃げ延びられる」

もっとも、波多野司令は完全に自分の考えを信じているわけでもなかった。オーストラリアはダーウィンにも基地がある。そこはクーパンからも攻撃隊が出て、爆撃を行っていた。

そこの部隊がどう動くか、それが唯一の懸念材料であった。

いまのところ、ダーウィン方面からは索敵もなにもない。迎撃戦闘に精一杯で他所を攻撃する余力がないのかもしれない。

ともかく、いまはポートモレスビーからの攻撃に備えるだけだ。一二機の艦偵に二〇ミリ機銃を装備する改修は、なんとか二時間ほどで完了できた。

あくまでも戦闘機を補助する戦力だが、これがあれば迎撃機は八機ではなく二〇機となる。

そうして周辺を警戒するため、主にポートモレスビー方向に偵察機を飛ばす。そのため二〇機ほどの爆撃機が現れた時に驚くものはいなかった。

驚くべきは、戦力の三分の一がブリストル・ブレニムであったことだろう。B17が主力ではあったが、ブレニム爆撃機まで投入しなければならないというのが、現在のポートモレスビーの状況を表しているのか。

波多野大佐は、ここで攻撃すべき相手をどう指示すべきか迷った。

撃墜しやすいというなら、ブレニム爆撃機である。しかし、爆弾搭載量や脅威度からいえば、B17こそが優先されるべき相手だ。

「最優先で攻撃すべきはB17だ」

彼はそう決断する。すべてを攻撃するのが最善だが、戦力に限度がある以上、優先順位は必要だ。

零戦と艦偵は次々と発艦し、敵部隊に備える。ケアンズの航空隊が爆弾で撃破されたことは、ポートモレスビーには不完全な形で伝達されたのか、爆撃隊は六〇〇〇メートルほどの高度で飛行していた。

通常よりも高高度なのは対空火器を警戒してのことらしい。それは狙われる卓鯨にとってはありがたかったが、迎撃側にとっては高度が高いことは不利になる。

特に艦偵は、敵機のさらに上から攻撃しなければならないからだ。結果的に、艦偵が必要な高度に上がるまでは、零戦隊が迎撃にあたることとなった。

ここで戦闘機隊の隊長は、あえて波多野大佐の命令を無視してブレニム爆撃機に攻撃を仕掛けた。

この時のブレニム爆撃機の数は七機。八機の零戦が七機のブレニム爆撃機に襲いかかる。

ブレニム爆撃機は果敢に反撃したものの、すでに旧式に属している爆撃機のため、正面から零戦の攻撃を受けたら、それに耐えられるはずはなかった。

それでも七機のうち撃墜機は四機にとどまったが、残りの三機は銃弾を受けた時点で、爆弾を捨てて退避する。

それを臆病と言うのはたやすい。しかし僚機が次々と撃墜され、相手が自分たちだけを狙っているとわかったら、逃げるのが普通の反応だ。

ブレニム爆撃機隊の七機が消えたことで、B17爆撃隊も動揺した。零戦隊の隊長が期待したのはこれである。

残ったB17爆撃隊は一四機であったが、ブレニム爆撃機が脱落したことで、防御陣形には明らかに穴があいた。

その穴から八機の零戦がB17に襲いかかった。編隊の両端に位置するB17爆撃機が、最初に機銃弾の洗礼を受けた。

一機は爆弾を捨てて退避行動に入った。零戦隊はそのB17を深追いしなかった。それだけの余裕がなかったためだ。

もう一方のB17爆撃機は、右翼側のエンジン二基から火を吹きながら、それでも前進を続けていたが火災は機体全体に広がり、そして燃料に引火して爆散してしまう。

それは敵味方に関係なく、パイロットたちにとっては悪夢の光景であった。

二一機の編隊のうち、こうして九機が無力化された。しかし、零戦隊もこれが限度だった。

一機として銃弾が残っている機体がない。彼らには弾がない、つまりは攻撃力がない。

このタイミングで、やっと艦偵部隊が迎撃に現れた。一二機の艦偵は四機一組で密集し、残存するB17爆撃機の上空を銃撃を加えながら通過する。

攻撃される側のB17爆撃機も、上方機銃での応戦が遅れた。なぜなら艦偵部隊は上空を通過するだけで、自分たちに向かって正面から機銃掃射をかけてこなかったためだ。

また、海防艦の高角砲の攻撃も、B17爆撃機にとっては脅威だった。

その火力密度は予想以上に高い。対空火器で撃墜された期待こそなかったものの、搭乗員たちには激しい恐怖を呼び起こしていた。砲弾が炸裂するたびに機体は揺れ、破片で穴があくのだから。

それよりも目の前の零戦隊のほうがはるかに重要だ。奴らは味方を何機も撃墜しているのだから。

結果的に艦偵隊はほぼ無抵抗のまま、B17爆撃機隊の上空を機銃掃射を上から下にかけながら通過していく。

単純に命中精度だけを言えば、あまり高くはなかったらしい。しかし、命中精度の低さも四機密集しての機銃掃射で相殺される。

四機のうち一機か二機の銃弾は確実にB17爆撃機を捉えており、それによる銃弾でB17爆撃機はかなりの損傷を得た。

この密集した機銃弾により、エンジンを撃ち抜かれて撃墜されるものもあれば、搭乗員たちが死傷することで飛行を維持できなくなったものもあった。

じつに一四機のB17爆撃機のうち六機が撃墜され、ほかの八機も大なり小なり損傷を受け、爆弾を捨てて退避行動に入った。

ただ一部の艦偵は、直進して機銃掃射をかけるという戦術から対空火器の犠牲となり、損傷三機のうち一機が撃墜という結果となる。
ともかくB17爆撃機隊の撤退により、二回目の防空戦は終わった。
そして夜になり、卓鯨と海防艦はクーパンにたどり着くことに成功したのだった。

第3章　航空奇襲

1

「ポートモレスビーを封鎖しようとしていた空母は、チモール島に逃げ延びたようです」

「おかげでポートモレスビーの海上輸送路は安全になったか」

ニミッツ司令長官は嫌味を言うつもりはなかったが、この状況では嫌味に聞こえるのも仕方がない。

「陸軍航空隊によれば二度の攻撃により、二〇機近い爆撃機が失われたとか」

「改造空母か小型空母ではなかったのか」

「航空隊の報告では、その分析に間違いはありません」

レイトン情報参謀自身が、その報告をあまり信じていないことがうかがわれた。

ただ正確には、レイトンは信じていないというより、信じがたいようだった。それはニミッツにもわかる。

たとえば、米海軍のエンタープライズ級空母で二〇機のB17爆撃機隊を迎撃するとして、何機撃墜できるだろうか？　護衛戦闘機がないとしても、頑強なB17爆撃機を撃墜するのは容易ではないだろう。

撃墜不可能ではないが、七機も八機も撃墜するというのも、ほぼ不可能だろう。それを考えると、日本軍の軽空母という認識が間違いで、それは大型正規空母としても、やはり敵軍の戦果は過大ということになる。

一般に、自分たちの戦果は過大に報告され、損失は過小に報告されがちだ。だとすると、B17爆撃機は総計で二〇機以上が撃墜されたことになるが、ならばなおさら信じがたい。

そもそもポートモレスビーに対するゲリラ攻撃の被害状況から考えるなら、B17爆撃機隊に対する戦果の大きさは矛盾する。

「一つの可能性は、日本軍の護衛艦隊の対空火器の威力が大きい場合です。それならポートモレスビーとB17爆撃機隊の戦果の矛盾を説明できます。

しかしながら、日本海軍の護衛艦艇の対空火器がそこまで強力であるという報告は、今回の事例以外は確認されておりません」

「矛盾のかたまりではないか」

ニミッツは憤《いきどお》るが、いつまでもこんな議論を続けても非生産的なのはわかっている。それより重要なのは、これからどうするかだ。

「戦力的にいまの我々には、日本海軍と真正面から戦う準備はできていない。しかし、状況は放置できない」

「ゲリラ戦術を行うよりないでしょう」

レイトンはそう言い放つ。参謀長ではないものの、情報参謀の意見はニミッツも無視できない。

「何か策はあるのか」

「現時点で日本軍と個々の戦域で戦うのは効率が悪すぎます。下手をすれば、すべての戦域で各個撃破されかねません。

ですから敵の痛い部分を突いて、全体への圧力を軽減するのが最善でしょう。

具体的には、パースにゲリラ艦隊を集結させる。そこを拠点として、チモール島から蘭印方面の海上輸送路を襲撃する。そうなれば日本は石油の輸送路を守るため、占領地に戦力を引き上げざるを得なくなります」

「パースを使うのか」

米太平洋艦隊が拠点として活用しているブリスベーンと大陸を挟んで反対側くらいの場所に港町パースはある。

「ゲリラ部隊と、それを支える補給部隊をパースで編成します。前線のゲリラ部隊に補給を行う部隊の母港をパースにすれば、南方の日本の補給路を脅《おど》かせるでしょう。まずは、クーパンの奇襲と日本軍空母の撃破です」

レイトンは積極的だが、ニミッツには若干の不安もあった。

「何を使ったのか知らないが、クーパンの航空母はB17爆撃機隊に大打撃を与えている。それらに空母部隊をぶつけるのか？」

「空母部隊だからぶつけるのです。日本軍はポートモレスビーに対しては空戦を避け、奇襲に徹していた。B17爆撃機をどう攻撃したにせよ、敵は戦闘機を恐れている。ならば空母艦隊機を投入すべきでしょう」

それで何かがわかったわけではないものの、ニミッツにも少し見えてきたものがある。

例の日本軍空母がB17爆撃機を大敗させたことを、我々はいままで「B17爆撃機なのに大敗させた」と考えていた。しかし、いまのレイトンの話なら、「B17爆撃機だから大敗できた」と考えるべきなのかもしれない。

「とりあえず現状では、空母ヨークタウンが使えます」

2

フレッチャー少将にとって、空母ヨークタウンによるゲリラ戦という任務は簡単なものではなかった。なんと言っても、日本軍の占領地での活動である。周囲は敵だらけだ。

敵情に関する情報も致命的に少ない。どこに飛行場があるのか、そのレベルの情報さえない。

幸いなことにヨークタウンにはレーダーが装備されているので、敵の奇襲への対応は可能だ。

占領地ならば潜水艦の脅威も低いだろう。友軍の海上輸送路をうろつく潜水艦などいないのだから。

だから水上艦艇と航空機が、ヨークタウンにとっても脅威となる。それに対してはレーダーで対処できるだろう。

しかし、敵の勢力圏での活動であり、予想外の危険は覚悟しなければならない。理想は「正体不明の敵」として日本の船団を爆撃することだが、いつまでもそう都合よくいくかどうかはわからない。

「アイスクリーム製造機や映画を可能なかぎり積み込みたいのですが」

バックマスター艦長はフレッチャー長官に書類へのサインを求めた。

「アイスクリーム製造機？　増やすのか」

「任務中、娯楽の映画と食事で士気を高める必要がありますので」

「パンとサーカスか」

フレッチャーはつぶやいてしまう。古代ローマで有力者が市民たちから投票してもらうため、食事と娯楽を提供したという故事からきている。

じっさいのところ、古代ローマ市民と現代の海軍軍人とは違う。しかし、指揮官としてフレッチャーは、古代ローマの有力者と自分との間に共通点があることを認めないわけにはいかなかった。

娯楽や楽しみを提供するから、自分のために働いてくれ。ただ、昔といまの違いは、海軍軍人たちは自分の責務も自覚していることだろう。

そう、アイスクリームも映画も将兵たちの働きへの対価であって、古代のような施しなどではないのだ。

パースに集結した部隊規模は大きく、また強力だった。空母はヨークタウン一隻で、これが部隊の旗艦となる。

そして、水上艦艇部隊としてニューオリンズ級重巡であるニューオリンズとミネアポリスの重巡二隻。駆逐艦はフェルプス、デューイ、ファラガット、エイルウィン、モナガンの五隻である。

戦力配分には頭を使った。強力な部隊が望ましいのは確かだが、それだけ発見されやすくなり、また機動力の面でも規模が大きければそれだけ全体を動かしにくい。

空母部隊によるゲリラ部隊という任務の性格を考えるなら、機動力こそ重要だ。打撃力で多少劣るとしても、ゲリラ戦でそれは大きな問題とはならない。

極端な話、敵への損害がそれほど大きくなくとも、日本軍占領地の後方攪乱《かくらん》により敵が混乱するならば、作戦は成功なのである。

「最初の攻撃目標はチモール島のクーパンである」

主な幹部たちを空母ヨークタウンに招き、フレッチャー長官は概要を説明する。

「クーパンの敵空母を攻撃後に我々は北上し、蘭印各地の要衝を奇襲攻撃し、最終的にフィリピンの要地を攻撃してパースに帰還する。

この目的のためにタンカー二隻、駆逐艦二隻の補給部隊が別途待機している」

補給部隊が基本的に燃料だけというのは重要な点である。つまり、弾薬などが尽きたら作戦は終了ということだからだ。そして、このゲリラ作戦では燃料は補給しても弾薬の補給までは行わない。

洋上での弾薬補給は作業も手間だし、補給任務のための船舶の手配も必要だ。状況によっては高速輸送船を準備することも可能だが、基本的に敵の勢力圏内で活動するだけに、弾薬補給のような手間のかかる作業は避けたい。

それは、作戦の切り上げ時を見極めやすいということでもある。弾が切れたら帰る。すべてが明快だ。

「我々に対する外部からの支援はないのですか」

幹部の一人が尋ねる。

「ダーウィンからクーパンへ偵察機が飛ぶことになっている。ほかにも必要に応じて、潜水艦部隊が偵察に協力することになっている」

その発言で、幹部たちの中に安堵のため息が漏れる。偵察機や潜水艦の支援がどの程度役に立つかはともかく、孤立無援ではないということは彼らにとって大きな福音だ。

それに作戦内容によっては、潜水艦などは救難部隊ともなる。そうした点でも支援部隊の存在は重要だ。

「すでに一部は動き出している」

フレッチャー少将はそう語った。

3

ダーウィンの基地は日本軍の攻撃で痛打されていたが、郊外の予備飛行場は比較的無事だった。無事というよりも、日本軍はその存在に気がついていないらしい。

ただ、気がつかないのには理由がある。その予備飛行場はまさに予備の施設であり、砂漠の中に滑走路があるだけといっても過言ではなかった。

だから、日本軍機からは砂漠の道路にしか見えなかった。格納庫すらなかったのだ。

その予備滑走路も、いまはプレハブだがそれなりの施設が揃いつつあった。一つの大きな基地ではなく、中規模の基地を分散することにしたためで、そうして抗堪《こうたん》性《せい》をあげるのだ。

そしていまB17爆撃機が一機、クーパンに向けて飛び立とうとしていた。

「爆撃ではなく偵察任務ですか」

渡された画板の書類に副操縦士が目を通す。

「チモールまでの往復だ。可能なかぎり身軽にしたいし、一つ二つの爆弾を投下しても仕方あるまい」

こうしてB17爆撃機は偵察任務のためにチモール島を目指した。レーダーによれば、とりあえずは日本軍機が接近する兆《きざ》しはない。ならば敵機と遭遇する可能性は低そうだ。

「偵察の目的は？」

「まずはクーパンの空母だ。空母が在泊しているかどうか。いるとしたら、状況はどうなのか。それを確認する」

「これから連日ですか」

「一回なら気取られるだろう」

B17爆撃機が偵察にあたるのは、その丈夫さと防御火器の密度のためだ。

ヨークタウンの攻撃隊を支援するため、B17爆撃機は連日飛行することになっていた。

ヨークタウンの攻撃のためにはクーパンの状況が必要不可欠だが、攻撃直前に偵察すれば日本軍に気取られる。だから、一週間ほどルーチンワークで飛ばすのだ。それはクーパンの状況の変化を掌握することにもつながる。ヨークタウンにとっても意味のある情報となるだろう。

ただ、B17爆撃機による偵察が連日続くのは高いリスクでもある。日本軍とて毎日やってくる偵察機を歓迎してくれるはずがない。迎撃は必ず行われるだろうし、それだけ彼らの生存率は低くなる。

それでも、彼らはその任務に向かう。この一週間の偵察任務を全《まっと》うしたならば、後方のより安全な任務につくことが約束されているからだ。

飛行は順調だった。順調どころか、敵機とも遭遇しない。哨戒機すら飛んでいる様子がない。

海上には地元の漁民によるものなのか、帆走式の漁船がいくつも見える。彼らが日本軍に自分たちを通報すれば迎撃機が飛んでくるはずだが、それもまたやってこない。

考えてみれば、帆走式の小型漁船に無線機があるとも思えない。それとともに、現地人がそれほど日本軍を歓迎していないのではないかという気もした。

Ｂ17爆撃機はクーパン上空に到達する。日本海軍の航空基地を中心に写真を撮影し、さらに港に出る。港には水上艦艇は意外に少なく、貨物船が多い。

そして、そんななかに軽空母の姿がある。

「敵空母はいるぞ」

意外なことに空母からも迎撃機は飛んでこない。というより、どうやら誰もＢ17爆撃機が飛んでいることに気がついていない節がある。

半信半疑のまま彼らは偵察を続け、やがてクーパン上空を後にした。

4

「あれは敵のＢ17爆撃機だったのか！」

波多野司令はその情報に驚いていた。大型機が単独で飛行しているから陸攻とばかり思っていたのだ。

「ええ、陸攻隊はあの時間に単機で飛行していなかったそうです」

卓鯨の野原《のはら》艦長は聞いてきた話をする。

「そもそも陸攻は双発、Ｂ17爆撃機は四発ですから、見ればわかるはずなんですよ」

「だが、誰もわからなかった？」

「いちいち上空の飛行機の発動機の数なんか数える人間はいませんからね。まぁ、音が違うと言う将兵はいたそうですが」

「先入観がなした失態か」

それはどうも、クーパンの日本軍全体がそうであったようで、途中で気がついた将兵が動き出した頃には、すべてが終わっていた。

そこからクーパンの陸戦隊司令部は大騒ぎとなった。そこでわかったのは、クーパンの防空陣地の貧弱さであった。

なにしろ防空のための聴音機さえなく、高角砲陣地で耳のよい兵士が四人、東西南北に立って耳を澄ませていたというのが実態だった。

さすがに、この事実には誰もが驚愕《きょうがく》した。驚愕はしたが、ならばいますぐ聴音機が用意できるかと言えばそれも無理である。

現地部隊は方面艦隊司令部になんとかならないか尋ねるが、方面艦隊にも聴音機の持ち合わせがあるはずもない。

しかし、セレベス島のケンダリーに向かっていた丁型《ていがた》巡洋艦和泉《いずみ》が使えることがわかり、それがそのままクーパンに移動することとなった。

丁型巡洋艦は、油槽船の船体をそのまま巡洋艦に転用するという構想のものだ。正確には、油槽船と巡洋艦の船体の共有化という構想であった。

分類としては軽巡洋艦で、一二・七センチ連装高角砲を六基搭載する。さすが二〇センチ連装砲塔などを搭載するのは構造的に無理であった。基本は商船構造なのだ。

和泉はこの構想の一番艦であるが、丁型巡洋艦として最初から建造されたのではなく、油槽船から改造されたものである。この改造自体もまた実験であり、短期間の巡洋艦量産が可能かどうかの検証が含まれていた。

ただ、丁型巡洋艦の短期改造は確認できたものの、海軍はあまりこの型の量産に乗り気ではなかった。油槽船が不足しているのにそれを改造することは、まず魅力に乏《とぼ》しい。

さらに丁型巡洋艦の性能もまた、海軍軍人たちからは不評ではないとしても芳《かんば》しいものではなかった。

最大の理由は、速力が三〇ノット未満と巡洋艦にしては低速であるのと、運動性能が巡洋艦としては劣り、装甲らしい装甲もないことだった。

船体にも装甲はなく、砲塔も高角砲なのでほぼ非装甲だ。

ただそれを言えば、駆逐艦も似たようなものであるし、駆逐艦の延長で考えるなら丁型巡洋艦は必ずしも劣るものではなかった。なにより防空戦闘能力は高いのだ。

そして、和泉にはもう一つの特別装備があった。電波探信機である。

電波探信機は、陸軍では電波探知機という名前で開発が進められていた。

陸軍の場合は、陸上基地の防衛のための装備であり、海軍で言われていたような「闇夜に提灯《ちょうちん》」論はなかった。航空基地がどこにあるかは敵も味方も知っていることで、いまさら所在を秘匿《ひとく》しようとしても意味はない。

陸軍は日華事変で実戦を経験しているため、電波探知機の技術も陸軍より進んでいた。艦載を考える必要がないため、コンポーネントを大きくできたことも開発には好都合という面もあった。

状況が変わってきたのは昭和一五年以降、南進策が具体的に検討され始めた頃だ。大量の兵員の移動や南方資源の輸送。陸軍であっても、島国日本では船舶を利用しなければならない。しかし、艦隊決戦主義の日本海軍は海上輸送路防衛への関心が、ゼロではないとしても低調だった。

陸軍としては、海軍が頼れない場合の対策が必要で、自前の武装商船の建造さえ検討されていた。そうしたなかで、商船に電波探知機を搭載するという案が出る。

このへんは電波探知機による運用経験の有無の差と、その経験が陸海軍で共有されていないゆえの悲劇なのだが、船舶へレーダーを搭載することへの認識が根本から違っていた。

自分たちの存在を知られるよりも、敵に奇襲されないことのほうが重要という認識だ。

こうしたことから陸軍の商船は、対空火器を装備した大型高速商船では自前の電波探知機を装備するようになった。

この流れの中で陸軍の船舶工兵は、海軍の量産型海防艦に目をつけていた。南進策で自前の船舶護衛を行うのに海防艦が最適だからだ。それは一面で、陸軍の海運不信の一断面でもあったのだが。

陸海軍は輸送船舶の配分について話し合っていたが、その中で海防艦の建造が議論にのぼった。陸軍用に建造したいという陸軍の申し出である。

海軍では「海防艦建造など陸軍に押しつけて、ちゃんとした艦艇の建造に集中すべき」という意見や「海防艦はなにより数が重要だ」という意見など、色々な思惑が交錯していたが、結果として、陸軍も建造するなら問題なしという点ではコンセンサスが得られていた。

そして、海防艦は陸軍用に若干の設計変更が行われた。主に陸軍の管理工場でも建造させるための都合である。

その中で陸軍は、海防艦の何隻かに電波探知機を載せていた。艦艇搭載用の小型機が完成したからだ。

溶接によるブロック工法で量産しているため、同じ施設に陸海軍関係者が出入りするようになり、陸軍用だけ設計にはない装備が施されていることが問題となり、電波探知機の存在を海軍もまた知ることとなる。

ここで陸海軍の話し合いが持たれ、陸軍の電波探知機は海軍でも使われるようになり、海軍では電波探信機と呼ばれることになる。海軍省内に同じ呼称を嫌った人たちがいたためだ。

そして、この電波探信機は丁型巡洋艦にも搭載が決まる。

防空巡洋艦であるから、電波探信機はあったほうがいい。特に和泉は一隻しかないため艦隊での運用や船団護衛よりも、港湾の防空戦力として活用されることになっていたので、電探の存在はより重要だった。

このような状況で、現時点で海軍では海防艦二五号型と丁型巡洋艦だけが電探を装備していた。海軍の大型軍艦にはない電波兵器は、小型艦艇と改造艦にのみ装備されていたのであった。

クーパンに丁型巡洋艦和泉が入港するまでの三日間、Ｂ17爆撃機は毎日飛んできた。さすがに二日目以降は、誰も気がつかないということはなく、迎撃戦闘機も出撃した。

Ｂ17爆撃機は時間を変えたりしながらも毎日現れ、クーパンの偵察を続けた。迎撃する側としては、その偵察機のやる気がいささか疑わしかった。防御火器による戦闘は何度かあったが、Ｂ17爆撃機のほうは割とあっさりと引いてしまう。印象だけ言えば、形だけの偵察を続けているようにさえ思える。しかし、そうは言ってもクーパンの偵察が命がけなのは間違いなく、惰性《だせい》で行えるようなものではない。

じっさいクーパン手前で逃げるわけではなく、ともかくクーパン上空は必ず通過するのだ。ただ、必要最低限度のことしかしないという印象は否《いな》めない。

陸攻隊の幹部たちが写真偵察の専門家に尋ねても、「あの状況で写真偵察は不可能ではないし、何もないよりましではあるが理想的な撮影状況ではない」と、どうとでも解釈できる返答しか得られなかった。

波多野大佐は埠頭に並んで停泊している和泉の姿を卓鯨から見ていた。両者の間には仮設の電話が引かれている。

電探が敵機を捕捉したら、すぐに卓鯨の戦闘機が迎撃に出ることが決められていたのだ。それは互いにメリットのある実験だ。

さらにいえば波多野大佐にとっては、卓鯨にも電探を搭載するかどうかを見極める意味がある。

夜間に電探で敵船団を発見できるなら、潜水艦部隊を結集して、強力な夜襲部隊ができるはずだからだ。

偵察機と電探を組み合わせれば、広範囲に敵船団を発見し、攻撃を仕掛けられる。

もっとも、波多野大佐自身は電探がどんなものか、じつはよくわかっていなかったのだが。

そして、電探の真価が波多野大佐にもわかる日が来た。和泉の電探が、いつものＢ17爆撃機の接近を察知する。

電探なので敵機を発見した位置は、いつもよりも距離がある。すぐに迎撃機が飛び立つと、Ｂ17爆撃機はクーパンの手前で捕捉された。

Ｂ17爆撃機はクーパン上空で迎撃されることは予想していたが、そのはるか手前で迎撃されるとは思わなかった。しかも状況から明らかに待ち伏せされていた。

上空からつるべ撃ちに銃撃を仕掛けてくる零戦隊に、Ｂ17爆撃機は十分な迎撃態勢ができていなかった。集団でなら互いの防御火器を支援しあえるが、いまは単機であり、手持ちの機銃だけが唯一の反撃手段だ。

エンジンが火を吹き、消火装置で一旦は鎮火するも、となりのエンジンの火災で再び炎がよみがえる。

そうしてエンジンが機能を停止し、Ｂ17爆撃機はクーパンの手前で撃墜されてしまった。

5

「毎日まいにち、クーパンを偵察していたというのか」

フレッチャー長官は陸軍の偵察機が撃墜されたことに、陸軍航空隊に対しては「哀悼《あいとう》の意」を述べた。そもそも自分たちの作戦のために偵察を行ってくれたのだから、哀悼を述べるのは当然だろう。

とは言え、陸軍航空隊の偵察に関して、彼はいささか信じがたいという印象を受けていた。

彼らは日本海軍の拠点を偵察することのリスクを理解していなかったのか。結果から言えば、そうなのだろう。

Ｂ17爆撃機も色々と侵入経路や時間を変えてはいたらしい。しかし、毎日クーパンを飛行するという一点は変わらない。

ならば日本軍とて対策を立てる。彼らにレーダーがないらしいことから甘く見ていたのだろうが、「毎日やってくる」ことがわかっていれば、対策は立てられる。

なにしろ目的地はわかっており、出撃地点も毎日ならほぼ絞られる。哨戒機なり哨戒艇を展開すれば、早期警戒は可能だ。

その点を甘く見た陸軍航空隊のミスだろう。感謝し、哀悼の意を述べるのにやぶさかではないが、ミスはミスなのだ。

ただ、彼らの死は決して無駄ではなかった。クーパンの空母は移動していないからだ。ここで奇襲をすれば、敵空母は撃沈できる。

この時、空母ヨークタウンは明日にはクーパンを奇襲できるところまで迫っていた。

そして、彼らは未明に出撃準備を果たす。

「攻撃隊は、Ｆ４Ｆ戦闘機一五機、ＳＢＤ急降下爆撃機二〇機で編成する。攻撃はこの一回で完了する」

フレッチャー長官は部下たちにそう説明する。

彼としては、停泊中の日本軍空母なら一回の爆撃で無力化できると考えていた。撃沈はわからないが、飛行甲板を爆撃されれば空母としては存在しないも同様だ。

クーパンを完全破壊するようなことを考えるとしたら、ヨークタウン一隻では戦力が足りない。それにフィリピンまでのゲリラ戦を考えるなら、クーパンにそれほど手間をかけていられないのだ。

最初に戦闘機、それから爆撃機が発艦する。雷撃機は含まないのは、湾内の戦闘では成功が期しがたいと考えたためだ。先のことを考えたら、航空魚雷も無駄にはできない。

すべての航空機が無事に発艦し、あとは戦果報告を待つだけだった。

レーダーによれば、周辺に哨戒機や哨戒艇の類は見当たらない。偵察機を撃破したため、それらは引き上げたのだろう。いささか早計な判断にも思えるが、それは敵の判断、こちらの決定ではない。

じっさいＢ17爆撃機が迎撃されたあたりを通過しても、特に異変はなかった。

　だが、それから三〇分後。戦爆連合は突然、日本軍戦闘機隊の襲撃を受ける。戦闘機は一〇機足らずであったが、それらは上空からＳＢＤ急降下爆撃隊機に襲いかかった。

　完全な奇襲であり、四機のＳＢＤ急降下爆撃機がこの攻撃で撃墜される。

　この奇襲により戦爆連合は大混乱に陥《おちい》った。Ｆ４Ｆ戦闘機隊は、自分たちを襲撃してきた相手を求めて飛び交う。

　一方のＳＢＤ急降下爆撃機隊は襲撃を逃れるために分散するが、それが日本軍機に各個撃破の口実を与えていた。

　ただ、空母ヨークタウンの戦爆連合も一方的に撃墜されていたわけではなかった。数では三倍以上ある。零戦は八機しかないため、空戦の中で二機の零戦が撃墜される。

　零戦の損失はそれだけで、キルレシオで言えば零戦が米軍機の数倍勝っていたが、戦闘機が減ったこともあって、戦爆連合で失われたのは緒戦の四機を含め九機にとどまった。それとて大戦果ではあるのだが、一六機の米軍機は、ほぼ無傷のままクーパンに到達した。

　ここで戦爆連合は、いきなり少なくない数の対空砲火に見舞われる。それは一隻の巡洋艦によるものだったが、その一隻から一二門の高角砲が砲弾を放っているのだ。

巡洋艦の対空火器にも驚かされたが、一六機の戦爆連合は、クーパンの港に空母の姿がないことにも呆然《ぼうぜん》としていた。

いまさっきまで戦っていた戦闘機はどこから来たのか？　そして、戦闘機の姿もすでに周辺から消えていた。

燃料は残っていても、銃弾を撃ち尽くしてしまえば戦えない。多勢に無勢では、これは避けがたいことだった。

ここで戦爆連合の指揮官は大きな過《あやま》ちを犯した。この丁型巡洋艦和泉を撃沈しようと考えたのだ。

この時点でＳＢＤ急降下爆撃機は一三機が健在だったが、五機は爆弾を捨てて回避行動に出たことで難を逃れた機体であり、爆撃可能なのは八機だった。

しかし乱戦の中で、指揮官はこの事実を把握していない。結果として自分たちの打撃力を過大に評価していた。

さらに彼の誤認は、和泉には性能面でアメリカに劣るとは言え、レーダーが搭載されていたことだった。

それは敵機との距離を正確に計測していた。角度分解能は低くても距離が正確なことは、敵機の未来位置を予測する上で大きい。それを継続すれば速度も導けるから、方位盤は距離と速度に関してはかなり正確なデータを確保できた。

角度分解能は肉眼だよりであったが、昼間であり、周辺空域なのでこれも大きな問題とはならなかった。

皮肉にも戦爆連合は、自らの行動により危険に晒《さら》されていた。爆撃効果を高めるためには爆撃機は密集すべきだが、それが対空火器にとっては命中率向上につながった。

狭い領域に多数の砲弾が撃ち込まれ、一三機のＳＢＤ急降下爆撃機は撃墜機こそなかったものの、すぐに四機が戦線を離脱することを迫られる。

この四機の中には爆弾を抱えた機体が二機あり、爆撃可能なＳＢＤ急降下爆撃機は六機になった。

戦爆連合の損失はすでに無視できない水準であったが、指揮官はだからこそ、この攻撃を諦めなかった。いまここで撤退すれば、ここまでの犠牲がすべて無駄になってしまう。彼はそう考えた。

しかし、それは負けるギャンブラーの思考法そのものだった。損失が大きいからこそ、攻撃を続ける。しかし、それによりさらに損失が拡大するのだ。

この時もそうだった。SBD急降下爆撃機は和泉に接近を続ける。すでに電探を用いずに光学計測で照準のつく段階に入っていた。

SBD急降下爆撃機は爆撃態勢に入るが、急降下爆撃の欠点の一つは長時間、敵の対空火器に晒される点にある。そして、和泉の対空火器密度は群を抜いていた。

急降下爆撃を行おうとしたSBD急降下爆撃機の一群は激しい対空火器により、次々と脱落していった。

主翼をもぎ取られて空中分解するもの、あるいは機体は無事だが、搭乗員が破片により命を失い墜落する。それでも爆撃を敢行する機体もあったが、爆弾は虚《むな》しく海中に没した。

結果からすれば、SBD急降下爆撃機隊は自ら望んで対空火器の砲口に向かって突っ込んでいったようなものだった。

こうして対空戦闘は終わった。三五機の戦爆連合は、損傷機を含めて一〇機程度まで減少し、空母ヨークタウンへ帰還するしかなかった。

6

「敵空母は移動し、三五機の戦爆連合は大敗してしまっただと……」

フレッチャー長官にとって、その報告はまったく予想外のものだった。

結果的にやられるだけで、こちらは戦果らしい戦果をあげていない。敵戦闘機二機を撃墜しただけだ。

「我々のボーイズには訓練が必要なようだ」

彼はそうつぶやいてもみるが、いまさらそんな時間も余裕もない。それよりも次にどうするかだ。

「クーパンの攻撃は今回で終了する」

それはフレッチャー長官の中では決まっていた。日本軍の新型巡洋艦は気になるところではあるが、いま不用意に深入りするのは危険だ。クーパンにとどまり続ければ、こちらが逆襲されかねない。

さらに敵空母の問題がある。クーパンの防空巡洋艦は脅威ではあるが、基本的に防御兵器であり、放置しても問題はない。

だが空母は攻撃兵器であるから、それが軽空母でも早急に爆破する必要があった。それが彼の認識である。

勝機はある。それはクーパンに在泊していないにもかかわらず、艦載機が迎撃してきたことだ。おそらく自分たちの攻撃は、クーパンから出港して間もない頃だったのだろう。

戦闘機が現れたタイミングを考えるなら、クーパンから一〇〇キロと離れていないはずだ。だからこそ、いますぐ空母追撃にかからねばならぬ。

「日本軍空母はどこに向かうか？」

候補地はいくつもある。蘭印方面が一番ありそうだが、急な出発は日本に戻るのかもしれない。

いずれにせよ、日本軍の占領地に向かう前に襲撃するのが肝要だ。

7

「和泉と合流か」

波多野司令は、方面艦隊からの命令に意外な感じを持った。

和泉はクーパン防衛のために派遣された防空巡洋艦であり、それが卓鯨と合流するとなれば、クーパンの防空はどうなるのかという思いがあったからだ。

しかし、方面艦隊司令部の分析は、敵の空母部隊は卓鯨を狙っており、防空を万全にするために和泉を合流させるのだという。これに伴い、クーパンの飛行場には戦闘機隊が移動するとも聞いている。

ただ卓鯨に関して言えば、戦闘機の補充はない。とりあえず補用機が二機あるので、それで損失分を補えということらしい。

確かに、それで戦闘機の数は八機に戻っている。しかし、それでも戦闘機は八機に過ぎない。

敵の大型正規空母が狙っているというのに、その戦力は十分とは言いがたい。

「卓鯨と和泉で敵空母を消耗させるのが、方面艦隊の腹じゃないですか」

それは野原艦長の意見であった。

「和泉は敵戦爆連合を痛打したと聞いてます。そうであれば卓鯨の護衛に最適なばかりか、敵空母の戦力をすりつぶすことも可能でしょう」

「艦載機をすりつぶすのか……」

考えてみれば、自分たちには海防艦六隻があり、これもかなり強力な対空火器戦力だ。それに和泉が加わり、八機とはいえ戦闘機隊が加わるとなると、敵戦爆連合はかなりの犠牲を払うことになる。

方面艦隊司令部の分析では、この米空母隊は少数でゲリラ戦を行っているのではないかという。だから継戦能力には難がある。

航空機だけすりつぶしていけば、空母は無事でももはやそれは空母としては使えない。無力化されるのだ。

丁型巡洋艦和泉のことはともかくとして、波多野司令としては方面艦隊の見識には正直、疑問もあった。それは卓鯨の潜水母艦としての役割だ。

自分は第五〇潜水隊の司令であり、軽空母部隊の指揮官ではない。そもそも卓鯨は、潜水艦部隊の偵察戦力として偵察機を載せているのだ。

しかるに現実は、方面艦隊司令部からは空母部隊と思われている。運用もそうだ。

結果的に肝心の潜水艦部隊への支援ができていない。

もっとも伊号第二〇一型は大型潜水艦であり、長期間の単独任務遂行は可能である。しかし、それとこれとでは、また意味が違うのだ。

クーパンかどこかで補給を受けることももちろん可能だが、そうした手間を省《はぶ》くのが自分たちの任務ではないか。

なによりも自分たちの空母的な任務が、いつまで続くのかがわからない。

「たぶん今回の任務は、それほど長く続かないと思います」

それが野原艦長の意見であった。

「どうしてそう思うのだ、艦長」

「方面艦隊司令部の本丸は敵空母でしょう。ただ、方面艦隊にもいますぐ空母にぶつけられる戦力がない。

ならば敵戦力を消耗させて、空母としての脅威がなくなった段階で、水雷戦隊で仕留める。そうしたことを考えているのでは？」

「我々に空母攻撃の出番はないか」

潜水艦部隊はニューギニア方面に展開している。本来ならもっと早期に合流するはずであったが、方面艦隊の命令で別行動を強《し》いられていたのである。

「電探が故障したのか？」

防空巡洋艦和泉の加瀬《かせ》艦長は、航海長からの報告に胸が締めつけられる思いがしたが、かろうじて表情には表さない。

防空巡洋艦和泉では、当初の設計になかった電探を後から設置した関係で、電探は航海科の担当として扱われた。

それは艦内の誰も、電探とはどんな装置なのかわかっていなかったことも大きかった。わからないから担当部署が決まらない。軍医科や主計科でないのは明らかだが、それがわかっても問題解決にはつながらない。

ただ、夜間も周辺がわかるという一点から、航海兵器に使えるということで、航海科の担当となった。

当初はそれでなんの問題もなかったが、B17爆撃機や敵戦爆連合を発見した時に大きな存在感を示したことから、担当科について修正すべきとの意見はあった。

しかし現時点では、航海科の担当のままである。航行する時間のほうが戦闘時間より長いためだ。

その電探が故障したという。もっとも、加瀬艦長はこの事実をどう解釈すべきか、実感としてわからない。

電探がなくても航海はできたわけだし、対空戦闘にしても目視で戦闘するなら恩恵はそれほど大きくない気はした。

「それで修理可能か」

「マグネトロンという真空管が切れてしまいました。予備はありません。シンガポールかサンジャックまで戻れば、あるそうです」

そう返答したのは通信長だった。どうやら航海長と二人で修理の可能性を議論していたらしい。

一応、技研の技術者が一人同乗していたのだが、不運なことに作業中にマストから転落し、重体で衛戍《えいじゅ》病院まで後送されてしまった。なので専門家はいない。

「敵襲があるかもしれないのに電探なしは、痛いですな」

航海長は電探の故障をもっとも気にしていた。

「卓鯨に哨戒機を飛ばしてもらうしかあるまい。それで奇襲は防げるはずだ」

「手間ですな」

航海長のつぶやきを加瀬艦長は聞きとがめる。

「手間ということはあるまい。それが本分だろうが」

「いえ、手間を惜しむなというのはわかります。ただ電探があれば、哨戒機の戦力を別に使えただろうという意味です。卓鯨の艦載機は二〇機です。可能なかぎり有効活用せねば」

「有効活用な」

とは言え、加瀬艦長にはやはりピンとこなかった。

8

フレッチャー長官にとって、偵察機を出すか出さないかは、かなり難しい判断だった。

日本軍にはレーダーはないらしい。だから発見するには偵察機かレーダーが頼りだ。

問題は、偵察機を飛ばすと敵に気取られ、せっかくの奇襲のチャンスを失うことだ。

敵軽空母は重要な攻撃目標であるが、彼らの目的は後方攪乱《かくらん》であるから、こればかりにかまっているわけにもいかないのである。

レーダーだけで敵を発見できればいいが、敵がどこに向かっているかがわからない。

近海から動いていないのか、それとも日本に向かっているのか。あるいは蘭印のどこかか。

選択肢は一つではなく、そうなるとレーダーだけでは発見は難しい。

しかし、このジレンマは意外な形で解決した。

「現地人スパイの報告？」

「漁を行っているものに、日本軍の動向を報告するように命じていました。そんななかに敵空母を見たものがいます」

通信参謀が、太平洋艦隊司令部からの情報としてそれを伝えてきた。

「現地人には艦艇識別の訓練を十分に行えない状況ですが、空母もしくはタンカーのような船とそれを取り囲んでいた船舶を彼は報告しています」

「空母もしくはタンカーか」

それは天地ほども違うような印象であったが、フレッチャーはどちらでも重要情報と解釈した。

仮にそれが空母ではなくタンカーだとしても、発見場所付近でタンカーを必要とする大型船舶は空母くらいしかない。

だからクーパンから発見場所までの航路で、敵の目的地も絞られる。どうやらジャワ島とスマトラ島のあいだのスンダ海峡に向かっている可能性が高い。

なにより重要なのは、彼らの推定位置は自分たちの現在位置とさほど離れておらず、漁師が報告した速度なら、こちらが速度を上げれば、数時間以内にレーダーが艦影を捉える場所にいることだ。

そして、はたして計算通りにレーダーは日本艦隊の艦影を捉えた。

「大型艦が二隻に小型艦六隻です」

すでに深夜である。フレッチャー長官は命令を下す。

「夜明けと同時に攻撃する。敵は空母だ、それに集中せよ」

9

「電探が電波を捉えています」

航海長の言葉に加瀬艦長は最初、電探が直ったものと考えた。通信科の将兵が苦心して直したのだと。

だが違っていた。電探は依然として故障したままだった。

「自分も詳しくは存じませんが、電探には送信機と受信機が必要です。マグネトロンは送信機の真空管で、これが切れたので電探は電波を出せません。ですが、受信機は生きています」

「送信機が故障しているのに、どうして受信機が電波を受信するのだ？　おかしいではないか」

　そこで通信長は声を落とす。

「可能性は一つです。敵艦の電探の電波を我々が傍受している場合です」

「敵の軍艦だと……」

　加瀬艦長が真っ先に思いついたのは、米空母の存在だった。

　クーパンを攻撃してきた敵空母が、すでにそこから大型艦が消えていることをなんらかの方法で知ったのだろう。方法はわからないが、クーパンに偵察機が現れていないことを考えるなら、おそらくはスパイの類か。

　ともかく、それはやって来た。電探という機械は大型艦にしか搭載できないとも聞いている。そうした点から考えても、自分たちを追っているのが敵空母であることは間違いないだろう。

「卓鯨にこのことを伝えてくれ」

　加瀬艦長は通信長に命じる。敵空母の攻撃目標が卓鯨であるのは間違いあるまい。

　加瀬艦長はこの電探の情報を波多野司令には伝えたが、それ以上のことは特になさなかった。第五〇潜水隊に編組されているため、艦隊司令部などに報告するのは卓鯨の波多野司令の仕事であるからだ。

しかし、波多野司令はこの件を特に外部には通知しなかった。

誰も敵空母を目撃したわけではなく、あくまでも「故障した電探に反応があった」というレベルの話に過ぎないからだ。

ともかく上に報告するのは、空母の存在がはっきりしてからでいい。それが波多野司令の考えだった。

それは消極的な対応のようにも思えるが、波多野司令には言い分もある。

確かにチモール島周辺に敵空母が活動しているのは間違いないらしい。しかし、だからこそ「電探に反応があった」レベルの薄弱な根拠では動けない。

クーパンの航空隊も敵襲に備えねばならない。それなのに「故障した電探の反応」だけで部隊を動かすのは危険すぎる。

これが何かの間違いなら、存在しない空母を探してクーパンが空になり、そこに敵襲があったなら、事態は最悪となろう。

和泉の加瀬艦長もまた、対空戦闘に備えさせてはいたが、戦闘配置を命じるには至っていない。

いまは夜間であり、敵襲はないだろうというのが一つ。それに人間の緊張はそこまで長続きしない。いまは無駄に将兵を疲弊させるべきではない。

じっさい航海科の人間たちも電探の反応に、当初ほど確信を抱けないようだった。一つは敵電探と思われる電波は、周期的に観測されたりされなかったりするのだ。これは、アメリカのレーダーがすでにＰＰＩを採用しているのに対して、日本の電探は手でアンテナを旋回させて反応を探る構造のため、電波の周期性の意味を理解できなかったためだ。

それでも技研の技術者なら、モーターでアンテナを旋回させていることによる周期性だと気がついたかもしれないが、ようやく使い方を学んでいる段階の航海科の将兵には、周期性の意味を読み取ることはできなかった。

彼らの経験で言うならば、周期的な変異とは機械的トラブルに通じるものだ。ギヤ比の関係とか、雑音を拾うとか、波の動揺の影響とか、そんな類だ。

彼らを当惑させているのは、電波の周期性だけでなく、電波を傍受できる方位が微妙に変化しつつも、おおむね同じ方位であることだった。

米空母が自分たちを追跡している。この事実はそうした動きでも説明できる。一方で、やはり機械的な雑音の類で、特定方向で機械が拾ってしまうとも解釈できる。なによりも判断を困難にしているのが、電波を受信しているのが送信機の故障した電探という事実だった。

黄鉄鉱を検波器に用い、スーパーヘテロダイン方式の受信回路を採用（その前は超再生方式という、利得は大きいが感度が安定しないものだった）したとかで、確かに性能はいいのかもしれないが、使用前に検波器のキャリブレーションが必要という厄介さがあった。

つまり送信機は故障し、受信機は細かい調整が必要というのが海軍（開発主体は陸軍だが）の電探だ。挙動不審になる要素は、じつは少なくないのである。

結果的に卓鯨も和泉も「敵空母らしき反応」は早期に察知したものの、それらに対する有効な対応はなんら打っていなかった。

「艦長、敵電探と思われる電波ですが、感度が上がったようです」

報告はやはり航海長からなされた。軍隊であるから職掌を簡単に右から左とは動かせないのだ。

「感度が上がったか」

加瀬艦長も通信長らの説明から、それが単に機器の問題で反応が強くなっただけの可能性があることを知っていた。それをどう解釈すべきか。

加瀬艦長は機器の故障というより、やはり敵がいるのではないかという考えに再び考えが傾いていた。さすがに一晩も不可解な電波を受信するとは思えないからだ。

加瀬艦長は波多野司令に対して、偵察機で確認してはどうかと進言したが、彼の反応は薄い。偵察機を出すことには同意しているが、いますぐ出すということはないらしい。

加瀬としては、そういう鈍さは不本意ではあるが、決定するのは波多野だ。それに電探を装備している自分たちに対して、波多野司令のほうはやはり異変に対する危機感が薄いらしい。

「総員戦闘配置につけ！」

加瀬艦長は夜明けが見えてくると同時に、そう命じた。仮に空母が奇襲をかけるなら未明だろうと考えてのことだ。

そして、見張員が叫ぶ。

「敵機来襲！」

（下巻へ続く）

コスミック文庫

超高速《ちようこうそく》戦艦《せんかん》「大和《やまと》」上

炸裂！ 四六センチ砲

2025年2月25日　初版発行

【著 者】
林《はやし》　譲治《じようじ》

【発行者】
松岡太朗

【発 行】
株式会社コスミック出版
〒154-0002 東京都世田谷区下馬6-15-4
代表　TEL.03(5432)7081
営業　TEL.03(5432)7084
　　　FAX.03(5432)7088
編集　TEL.03(5432)7086
　　　FAX.03(5432)7090

【ホームページ】
https://www.cosmicpub.com/

【振替口座】
00110-8-611382

【印刷／製本】
中央精版印刷株式会社

ISBN978-4-7747-6627-0 C0193

COSMIC 戦記文庫

長編戦記シミュレーション・ノベル

大和、超弩級空母へ!!
極秘最強艦隊、出撃す！

超武装空母「大和」全4巻
野島好夫 著

定価●本体710円＋税

定価●本体700円＋税

定価●本体700円＋税

定価●本体700円＋税